RODRIGO RAMOS BAÑADOS

PINOCHET BOY

SEGUNDA EDICIÓN

EL SUR
ES
AMÉRICA

Título original: Pinochet Boy

© 2016, 2020 Rodrigo Ramos Bañados

Segunda edición, El Sur es América, noviembre, 2020

Edición: Luz Stella Mejía
Asistente de edición: Luis E. Mendoza

Diseño de portada: Santiago Mosquera
Diagramación: Rosario Mejía
Retrato del autor: Sebastián Rojas Rojo

Library of Congress Control Number: 2020949873

ISBN: 978-1-7337337-9-3

Impreso en Estados Unidos - Printed in the USA

.

Editorial El Sur es América, LLC
Virginia, EE.UU.
ElSurEsAmerica@gmail.com
wwwElSurEsAmerica.com

PINOCHET BOY

Dictadura musical
nadie puede parar de bailar la música del General
nada en el cerebro, nada en el refrigerador

...

En mi tiempo libre estoy parado en la calle
en mi tiempo libre estoy drogándome en la calle
No tengo tiempo de sentir amor.

Pinochet Boys

UNO

No es Mirko ni Pedro quien redacta esto, lo aclaro para quienes me conocen o conocieron, sino Leonidas, como el héroe espartano, la última esperanza.

Aquí los apellidos sirven de etiqueta para saber quién eres, de dónde vienes o por último si tienes el dinero o el respaldo (lo llamaría prestigio) suficiente. De lo contrario serás un bastardo hijo de puta, como me lo han dicho, insulto que a estas alturas me resbala por la grasa acumulada. Cuando escribo esto, recuerdo la obra de teatro "Gemelos", que presentó el grupo La Troppa hace algunos años, basada en el texto de Ágota Kristof, donde dos hermanos aprendían a través de golpes e insultos.

Mirko partió en un colegio inglés, de esos privados, de esos donde discriminan a quienes tienen apellidos normales, y terminó en un colegio fiscal con número, la D- 91, gracias a la debacle económica de su familia a consecuencia de la recesión, como llamaban en la tele a ese período sepia donde el trabajo era tan escaso como la confianza. En la D-91, cuyo nombre sonaba a un avión bombardero de la Segunda Guerra Mundial, los chicos le decían marica a Mirko y le castigaban por venir del colegio inglés, ése donde estudiaban los hijos o los nietos de los gerentes y de los oficiales milicos.

En ambas escuelas, en la privada y en la fiscal, todos los lunes, en los actos matinales, con frío, lluvia o calor, los niños cantaban el himno nacional con la estrofa impuesta por los milicos: *vuestros nombres valientes soldados que habéis sido de Chile el sostén; nuestros pechos los llevan grabados, los sabrán nuestros hijos también,* cantaban sin pensar. Lo repetían como imbéciles, como aturdidos. A los chicos les divertía la idea de que los valientes soldados usaran sostén para afirmarse las tetas. Mirko imaginaba a un milico fofo de tetas sueltas o a Pinochet al mando de una tropa de milicos con sostenes.

Mirko fue un niño sospechoso en su primera escuela. La profesora, miss Clara Barrera, trataba mejor a los hijos de los militares, luego seguían los hijos de los empresarios y detrás enfilaba el resto. Mirko estaba en los chicos del final de la lista de miss Clara Barrera, morena, de pelo largo y ojos grandes y oscuros acentuados por el maquillaje, como los de Gina Lollobrigida en *Cuando llegue septiembre*. El niño tenía abuelo, pero no padre, aunque éste —repetía Mirko— estuviera en una ciudad de Francia, vivo, pues cada cierto tiempo enviaba encomiendas que traían adheridas estampillas de unicornios platinados. Las encomiendas salían rotas desde el correo. Los perversos buscaban pistolas entre los pequeños juguetitos de plástico franceses. Miss Clara podía adivinar por qué el papá de Mirko estaba en Francia, pero mantenía cierto recato pues, al igual que el resto de los profesores, sentía miedo de demostrar lástima por un marxista apátrida. Miss Clara había optado por aceptar la trocha del presente por una cuestión de supervivencia, a pesar del exilio de uno de sus hermanos. Miss Clara estaba en la fase del borrón y cuenta nueva.

El colegio que enseñaba inglés no cobijaba a hijos de exiliados, ni menos a hijos de detenidos desaparecidos, pero ante la insistencia del abuelo de Mirko y su ordenada billetera en tiempos de recesión, el colegio donde se educaba la próxima elite de la pequeña ciudad minera hizo una gran excepción.

El problema fue nacer en esa década de mierda.

El padre de Mirko tuvo su oportunidad para transformar el país en algo más justo de lo que había, pero no lo logró: fracasó. Sus compañeros del MIR, ingenuos después de todo, fueron masacrados por el ejército de

Pinochet, un ejército profesional adiestrado para torturas y matanzas, con milicos que, si no cumplían órdenes de moler a los subversivos, eran fusilados como el conscripto Michel Nash, quien se negó a asesinar a sus compatriotas en Pisagua. Así, Mirko, como otros niños de su edad, accedieron a una sola realidad en su vida, la realidad in vitro ideada por la secta de economistas de Pinochet, los Chicago Boys, con el propósito de colonizar el nuevo país que en ese momento se alzaba como un páramo.

Saltémonos por un momento la niñez de Mirko e instalémonos en la etapa de su búsqueda laboral, en el niquelado Chile del 2000. A Mirko le brotaron profundas paradojas que lo llevaron a sucesivas autodestrucciones.

El joven Mirko terminó sus estudios en una universidad privada que antes fue pública. No terminó de pagar su carrera y, en consecuencia, la universidad lo inscribió en el registro de deudores, la lista maldita de Chile, el cementerio Dicom. Estuvo varios meses cesante. Escaseaban los trabajos para periodistas en esa ciudad. La única posibilidad era trabajar en un diario de una cadena de diarios. Por lo pronto, desistió.

Intentó ganarse la vida con su pasión, la música, pero no consiguió demasiado. Se vio tocando en la peatonal Prat, pero allí había un gran distractor: Chaqueta, el escritor galardonado e inventor de la nueva novela picaresca pampina, bebiendo café. Le molestó de sobremanera la displicencia de la gente hacia su arte. Luego vinieron los comerciantes a botarlo, acusándolo de ruidos molestos.

Lo otro era transar, transformarse en lo que no deseaba. Y en eso de transar se le pasaban los días. Hasta que inevitablemente, como si esa fuera la única luz al final del túnel, llegó el llamado del diario.

—Venga el domingo, para la sección espectáculos.

El joven Mirko despreciaba los apellidos, las castas, las familias que se repetían en la política, los compadrazgos, a los amigos de los amigos, a los que hacían malabarismo para cuadrar los dineros públicos, a los que les sonríen a los poderosos para lograr alguna tajadita, algo siquiera que cayera al bolsillo. El joven Mirko cabía en lo que la derecha definía como resentido social.

Sería aburrido y anticuado responsabilizar al hambre como el detonante de ese resentimiento, pues Mirko nunca pasó hambre; más bien tuvo sobrepeso en su niñez, por los privilegios de niño burgués.

El origen de ese resentimiento podría hallarse en la discriminación por no tener padre que sufrió en su primer colegio y en lo que podríamos denominar castigo social en su segundo colegio. En ese período se había armado la ecuación que, hasta mi aparición, estaba sin resolver.

Antes de mí, Pedro, el escritor, intentó resolver la ecuación, pero fracasó cuando fue sorprendido por su pareja en un acto al que podríamos definir de indecente. Entonces la literatura ayudó a Pedro, de algún modo, como lo escuchó de la boca de maniacos depresivos u otros que hablaban del poder de sanación de la literatura. Pero al final lo encegueció.

¿Escribir como ejercicio de sanación? Suena mejor como un arma punzante para sajarse al momento de huir de uno mismo.

La literatura lo salvó de perder el tiempo viendo televisión sin volumen o lo salvó de permanecer congelado frente al computador, como lo hacía Mirko, esperando la renovación de las redes sociales. O lo salvó de adormecer el mate viendo películas de la exquisita actriz pornográfica Eva Lovia, de tiernas pecas y perineo rosado.

Con el nick de Pedro El Grande, el acto de escribir se transformó en algo así como su katana para ajusticiar a los fascistas en los rudimentarios debates que se producían bajo las noticias que publicaba el diario electrónico Emol.

Ahora, usted podría preguntarse: ¿qué futuro podía tener ese pobre diablo aspirante a escritor autodenominado Pedro El Grande?

Rodolfo Rodríguez (Q.E.P.D), amigo de Mirko, escritor, decidió vender sus libros en las ferias libres de Iquique. Libros al lado de verduras o huevos o ceviches cuneteros. Murió de una hepatitis mal cuidada por alimentarse con comidas que vendían en la misma feria, según la versión más respetuosa hacia el difunto. Lo otra versión dice que falleció por efecto del sida. Y que el sida lo contrajo en Holanda, donde parte de su tiempo lo dedicó a follar como enajenado. La vida de Rodríguez tuvo momentos sexuales extraordinarios, como aquella vez que participó en una película pornográfica tipo gangbang. Ahí estaba Rodríguez, orgulloso de su abultado colgajo, en medio de un nudo de cuerpos brillosos y malolientes.

Rodríguez, bajito y cabezón como un pitbull, aprovechaba su tartamudez y condición de escritor para seducir, sin importar el idioma que hablara el resto. Gesticulaba como primate. Se hacía entender a lo Tarzán — un cuento suyo se llama «Tarzán» y trata de un pampino, moreno y patas cortas, oriundo de la salitrera Victoria, que se encerró por tres días en una habitación poco ventilada con una holandesa rubia de pechos grandes y blandos, robusta, como la imagen del tarro de leche condensada. La holandesa, según el cuento, estaba decepcionada de los machos holandeses. Le decía en un español atarzanado que eran fríos y descomprometidos. Tarzán le contestaba que mejor era fucknicar, mientras sus dedos se perdían en los rosados pliegues de la holandesa—. Lo habrían entendido en cualquier parte del mundo.

La otra teoría es que Pedro haya asesinado a Rodríguez por pura envidia, pues le insinuaron que Rodríguez escribía mejor que él, sin haber asistido éste nunca a la universidad, ni haber estudiado literatura ni haberse rodeado de literatos. Si algún mérito había en Rodolfo, decía Pedro, era su capacidad para transformar historias cotidianas en cuentos entretenidos.

No deje que me pudra, querida lectora o lector. Por favor léame, soy una versión mejorada de Pedro. No pierda el tiempo en los escritos de un ex futbolista, un ministro o una prostituta, por nombrar algunos libros de moda elaborados por escritores fantasmas. Se lo digo YO, Leonidas.

Mirko conoció el fenómeno pop de futbolistas y modelos que derivaban en columnistas de diarios, pues al final laboró, por una cuestión de necesidad, en un periódico de esos que fustigaba en la universidad por ser cómplices pasivos, como les llamaban, de los crímenes de la dictadura de Pinochet. No hubo otra excusa. Vio a editores que antes despotricaron contra el periodismo que embolaba la perdiz y que con orgullo decían haber publicado algún artículo en las revistas Análisis, Cauce, Hoy, Apsi o en el Fortín Mapocho, vibrar con las frasecitas de la modelito a la que se folló el inefable futbolista Ronald Sosa.

Los tiempos son distintos, decía el jefe.

Las noticias son de consumo rápido, como las hamburguesas. A nuestros lectores no les interesa leer mucho ni complicarse. O sea, nuestros lectores no quieren reflexionar sobre lo que leen, sólo leen.

Lectores analfabetos, decía.

A Mirko lo contagiaba la risa de su jefe. La risa forzada de Mirko parecía un estornudo.

Los medios de farándula fueron en parte el útero donde crecieron los chicos violentos contemporáneos, armados y fanáticos de las películas «Rápido y furioso». Chicos que disparaban contra los estudiantes que protestaban por su derecho a una mejor educación. Chicos que defendían a balazos su auto enchulado. Chicos consumidores de farándula, porque se proyectaban como el futbolista o la modelo de moda. Chicos analfabetos, después de todo.

No se trata de subestimar su criterio al momento de elegir un libro o un diario, al contrario: deseo que comprenda la mala onda de Pedro, y lo digo sin exagerar, contra aquellos que publicaban sus libros a través de millonarios contratos, libros ombliguistas sobre sus egos henchidos. Lo peor era que no los escribían ellos, los escribían tipos como él: escritores hambrientos, escritores anónimos, escritores provincianos y escritores cesantes.

A Pedro le molestaban los ojos de los lectores de supermercados: ojos susceptibles a la oferta, a lo barato, ojos que reducían todo al rectángulo de una vitrina o una pantalla de televisión, ojos que compraban libros por lo chispeante de la portada.

En su caso, para la portada de su libro proyectó una caricatura del célebre cuadro «El grito», de Munch, que podría ser el grito eterno de los que no tenían voz, los aplastados, los humillados y los maltratados por el sistema. Fue lo primero que se le vino a la mente. Era subjetivo hablar de «El grito». Un grito que también podía sonar en la esquina y que no precisamente vendría de alguien pidiendo ayuda o socorro, sino de un descontento, de alguien que quería expresarse a gritos y no podía porque en la ciudad ya nadie escuchaba a los necesitados, a los vagabundos, a los orates, a los desclasados ni menos a los resentidos.

A quien gritaba, de inmediato le lanzaban la fuerza pública. Así trataban a quien se salía del pensamiento uniforme, del mundo de citas impuesto por los de arriba para mantener el bien común. Así trataban a los indignados, pues a los de arriba no les gustaban las críticas. Por ellos, todos fuéramos unas maquinitas miedosas a la delincuencia, adictas al fútbol y la farándula y contenidas por la religión.

Mirko había leído que el cuadro «El grito» había sido robado de un museo, quizás por un carterista chileno, de esos que abundaban en Europa, quienes hacían patria en el metro de Londres. Quizás el carterista lo habría hecho para sobrevivir por esos lados. Habría invertido en unas costosas zapatillas, unas Nike Air, para correr rápido y furioso por las calles. Habría pertenecido a la mafia de los carteristas y después habría regresado a Chile con la camiseta firmada por algún futbolista chileno de esos que cuando llegan al país pasean por las calles en un Ferrari, desbordando reggaetón para que todos sepan que en Américo Vespucio y frente al volante va un ganador, porque aquí, como en cualquier parte, el triunfo se mide por el brillo y el filo de la materia.

El hampa chilena le habría tatuado una medalla como exitoso carterista europeo. La medalla habría dicho algo así: campeón en Londres. Me imagino a Mirko guardado en la cárcel de San Miguel, Mirko respetado por el hampa tras su éxito en el metro de Londres con una lágrima negra tatuada en el párpado y recitando hip hop canero, Mirko esperando salir de la cárcel tras 20 años de encierro, con la esperanza de retomar su exitosa vida de hampón porque lo de la rehabilitación en la cárcel es un chiste absurdo y malo.

Hay momentos en que Pedro escribía como si le apuntaran con una pistola. Si paraba, el maldito le disparaba. Ahora siento algo parecido a lo de Pedro. Es como pensar el final en el comienzo. La ansiedad era uno de sus problemas y se me repite. Debe ser un karma. Pedro pensaba que era una enfermedad profesional. Una mal llamada enfermedad que por un rato se desvanecía con cerveza, un buen polvo, un paseo en bicicleta por la costanera.

Escribo desde un computador prestado, en la oficina de un publicista. Es un Mac del 2000, obsoleto, de esos que parecen un horno microondas armado con bordes plásticos de lapiceras Bic. Finjo que estoy en Facebook. Son las 21.15 horas de un viernes y mi amiga, así la llamo ahora, mi amiga, la misma con quien Pedro mantuvo una relación, concluirá de trabajar con el publicista como a las 22.00. Eso me dijo por teléfono. Me pidió que la esperara. Calculo que es la mitad de un tiempo en un partido de fútbol. Busco partidos en Youtube. Universidad de Chile vs. River Plate, Copa Libertadores.

Una granada está guardada en el bolso de Mirko, en medio del estadio. Mirko es hincha de la U y viajó casi 20 horas en bus. Ahora está en el estadio de River Plate, hinchando por la U.

Sol y el publicista debaten sobre un afiche para el stand de la minera donde ella trabaja, que auspiciará la próxima feria del libro de la ciudad.

Esta novela trata sobre mi fallida relación con ella, Sol, y la posibilidad de recuperarla, aunque también se va por las ramas.

En el stand de la minera en la feria del libro habrá miles de libros pequeños, gratuitos, de micro cuentos, y otros grandes, de mejor calidad, destinados a los gerentes de la minera y sus amigos, con hermosas fotografías sobre las tradiciones de las comunidades indígenas agrícolas vecinas a los yacimientos, comunidades a las que las mineras les entregan dinero para proyectos de emprendimiento a cambio del estruje de los riachuelos para su proceso productivo. Estos últimos libros estarán en exhibición dispuestos en una repisa que tendrá como fondo una fotografía gigante de personas sonrientes.

Él, un pintor aficionado según yo —dicen que no terminó la universidad, pero eso es un chisme—, le argumenta a Sol que la chica, la de la foto gigante, debía tener el cabello color cobre, porque así el público se acercaría con facilidad al stand. Ella lo mira con expresión de sorpresa y le dice en tono de broma:

—Mejor contratamos a una modelo con faldita corta.
El publicista mira de reojo el costado de la cara de la mujer y luego baja la cabeza con la lentitud de un ascensor viejo.

Ella, en cambio, está por poner a una chica de la ciudad, a alguien que le parezca normal.

—Mira —le dice. Apunta una foto que le apareció en Google—. ¿Algo así busco?

El publicista se acaricia la barbilla como filósofo y le dice con voz suave que prefiere a la pelirroja. A los gerentes les gustan las pelirrojas sexys, como Jessica Chastain. Insiste levantando un poco la voz.

El segundo tiempo está empatado. Partido trabado. No aparece el Matador Salas, que luego pasará a River Plate. Los argentinos que lo insultan luego lo alabarán y le cantarán: chileno, chileno, para orgullo de los chilenos que miran por televisión y que en fútbol cargan un complejo de inferioridad con los argentinos. La granada se mantiene dentro del bolso de Mirko como una fruta envuelta en un papel, lista para detonarse en caso que la U pierda o las barras bravas de River Plate golpeen a la gente de la U.

Al final, y como sugirió el publicista, optan por la chica pelirroja. Culpemos a la influencia de Hollywood y los modelitos gringos. Culpemos al hecho de que los primeros inmigrantes de la ciudad no descendieron desde la cordillera, como en otras ciudades del norte de Chile, y si lo hicieron se escondieron ante la chilenización del norte, después de la Guerra del Pacífico, donde lo chileno era no tener rasgos andinos, y la segunda chilenización, la de los valientes soldados que usaban sostenes en la cabeza de Mirko, que llenó de milicos la frontera norte para contener la invasión peruana de Velasco, que se venía en los postrimerías de los años '70.

Suena apostólico: todo es culpa. Cuando niño, Mirko asistió a una iglesia, una iglesia evangélica de esas que asustan con la ira de Dios y el apocalipsis.

En una de las fotos aparece una chica pelirroja, crespa, de gafas con marcos de color flúor, leyendo un libro. Punto para el fotógrafo, quien trajo diez modelos de chicas, de los cuales ocho eran rubias, castañas o teñidas.

Junten miedo, lectores: Mirko, el resentido, al final de esta historia podría reaparecer como un vengador. Comenzará ubicando bombas en bancos, isapres, afps, farmacias y otras instituciones que le pusieron el zapato en la cara.

Sólo bombas de ruido y de noche, pues no desea dañar a inocentes.

Luego desenmascarará religiosos.

Luego vendrán las bombas de verdad, las que destruirían todos los centros de pago del sistema y a todos los hijos de puta cobradores del sistema.

Dirá, como Ricardo Darín en «Relatos salvajes»: ¡Por mí se pueden ir todos a la mierda!

Basta que tome confianza para que haga reventar la ciudad, sus iglesias, sus diarios, la biblioteca, la plaza, el mall, el teatro y todo el comercio, uno por uno, hasta deshojar el concreto.

¡A la mierda!

En consecuencia, hay que reducirlo, oprimirlo y humillarlo para que la ciudad pueda seguir su curso normal. Joderle la sique. Decirle: Mirko, eres un resentido de mierda, un estúpido desfasado y fracasado (que se repita). Decirle cien veces que es un perdedor. Ahí recién esconderá la cola y será intrascendente.

Dejemos congelado a Mirko. No lo revivamos, no. No es el momento. Si no, destruirá antes de tiempo esta novela. Siga conmigo, Leonidas. Mi única misión es reencantar a Sol, amarla.

Las fotos de los escritores que aparecen en la solapa de los libros exhiben tipos de mirada bonachona, ni peinados ni despeinados, que en ciertos casos aprietan un cigarrillo en los labios. Visto de ese modo, el cigarrillo es como la vara de Moisés.

Aquellos tipos, los del cigarrillo, dan buen jugo literario. Supongo que el cigarrillo es un bastón para apoyarse por una cuestión de inseguridad. Cuando escribo de cigarrillos de inmediato recuerdo «Sólo para fumadores», de Julio Ramón Ribeyro. A algunos amigos que leyeron a Ribeyro les sucede lo mismo. ¿Y qué libro sobre las flores recuerda? ¿El de Bellatin? ¿Y qué libro sobre la tortura en la época milica? «¿El palacio de la risa?» Riman Bellatin y Marín. Así podríamos estar horas, rimando. No hay nada más tedioso que las conversaciones tipo competencias entre lectores: ¿y leíste a tal? Son rascacielos de pajas. No hay nada más cargante que un escritor ufanándose de ser escritor. No hay nada más patético que un escritor que publique en las redes sociales una foto con todos sus libros, para recibir comentarios como éste: usted escribe con hechos, acción que muy pocos pueden hacer.

Conozco muchos escritore(a)s inseguro(a)s. Conozco a muchos escritore(a)s de baja autoestima que se ponen rojo(a)s como el merquén cuando alguien les critica o los acusa de plagiadores, pues parece que en la literatura casi todo (o todo) está hecho. Una académica con posgrados en literatura le dijo una vez a Pedro que todo era una copia de otra copia y de otra copia y así sucesivamente, un eterno copy paste, copy paste hasta el infinito.

A la académica con posgrados en literatura que no pudo ser escritora le pareció machista una opinión de

Pedro y lo mandó a la mierda, pero a Pedro le pareció contradictorio que ella tomara café con Chaqueta, quien era un machista declarado.

En la ciudad del desierto, en el norte de Chile, donde transcurre esta historia, brillaba el hombre conocido como Chaqueta, quien para su dicha había dado con la fórmula y se había transformado en un best seller.

Chaqueta era el estandarte de la feria del libro de la ciudad. Chaqueta hacía talleres de literatura para la minera. Chaqueta bendecía o maldecía. Para estar bien en la cultura, debías ser del bando de Chaqueta. La académica le sonreía y, de esa manera, podía tener un trozo la torta cultural de las mineras.

Pedro soñaba con Chaqueta.

También están los escritore(a)s de gafas colorinches, los impenetrables, que suavizaban un poco la mirada penetrante y soberbia. Vuelvo a esto de la inseguridad: se creen bueno(a)s, pero por dentro tienen poca tolerancia a la frustración. No aguantarían que les destrozaran sus trabajos y por eso escriben y releen, releen y escriben; después borran y escriben y releen. Tanto tiempo invertido para que venga el tal desgraciado(a) a pisotearte, a decirte que tus letras no valen nada y que te metas por el culo tu sucio libro. No. Bienaventurados lo(a)s arrogantes, diría el polígamo Moisés con un cigarrillo en la boca, mirando a su desarropado pueblo elegido por Dios y a sus diez o veinte mujeres de trofeo y sus sesenta hijos.

También están los escritore(a)s risueño(a)s que miran hacia abajo en las fotos de las solapas de sus libros. Tal vez el fotógrafo les contó un chiste, algo así como: mira ésta que cuelga entremedio de las piernas. Mira.

Alguno(a)s nunca aparecen. Bienaventurada su estrategia de marketing.

Y otros son los escritore(a)s voluntarioso(a)s del desierto, bien organizado(a)s y que cada cierto tiempo publican a modo personal o en antologías de diseño amateur. A ellos no les importa que la literatura entre por las tapas de los libros. No tienen idea de marketing literario. De los voluntariosos será el reino de los cielos.

No es decente que lo diga, pero advierto que Sol me busca. Después de lo sucedido, todavía parece sentir un poco de amor, aunque su necesidad responda a una conexión del calefont de su departamento. Quiero creer que me quiere. Quizás sea mi última oportunidad para no revivir a Mirko.

El departamento de Sol está frente al mar, con un balcón agradable aunque algo ventoso en invierno. A Sol le agradaba permanecer en el balcón de noche, después de las 22.00 horas, cuando se tranquilizaba el tráfico vehicular. El balcón era su lugar favorito. Fumaba mientras escuchaba el golpeteo del océano contra las piedras. Sol y Mirko, después de quemar mota, se sentían como líquidos.

Insistió que a las diez viniera a buscarla a la oficina del publicista.

Sol tenía una formación de izquierda que heredó de la universidad. Ella disfrutaba la izquierda en la intimidad, en silencio o con alguna radio cubana que había descubierto en internet y que emitía canciones de Víctor Jara, del aburrido Víctor Jara para Mirko. La izquierda permanecía estática pero vigente en su repisa, a través de algún libro que Sol halló en la feria de los libros usados. Los cuentos de Manuel Rojas de la editorial Quimantú resistían al lado de un tremendo y hermoso libro de fotografía patrimonial que financió la minera.

La historia de Chile según Gabriel Salazar, libros esotéricos, libros de autoayuda, libros sobre los mapuches y otros de la minera complementaban un estante que también daba espacios a fotos de zapatistas, monedas, tickets, llaves inútiles e intrascendentes cachivaches pequeños. El publicista decía tener formación de izquierda.

La formación de izquierda era una excusa para hacer sus negocios de diseño con el gobierno de izquierda.

Mirko, que también tenía formación de izquierda, imaginaba el gozo del publicista al conocer el bar del pasquín de izquierda que estaba adherido en la pared. Debía ser algo similar a un niño de provincia caminando por primera vez por Fantasilandia.

—La última vez que estuve en el bar The Clinic de Santiago vi a Giorgio Jackson, sentado en el patio junto a un par de gordos, bastante más viejos que él, que tenían tu edad, algo así como 40 años y que parecían operadores políticos, aunque podían ser los mismos dueños del bar, jactándose de que estuviera Giorgio, quien en ese momento era como un trofeo —le dijo el publicista a Mirko, buscando la atención de Sol—. Imagínate estar al lado de uno de los líderes del movimiento estudiantil. Los gordos también sentían que el brillo les alcanzaba para ello. Era extraño verlos gesticular y hablar como si fueran chicos de 20 armando el mundo.

—¿Y lo saludaste en representación de los nortinos? —preguntó Mirko.

—Lo saludé, le dije que era un artista plástico del norte y luego lo felicité por el movimiento estudiantil, y le entregué mi tarjeta para que cuando viniera al norte, nos juntáramos.

—Invítame cuando se junten —interrumpió Sol, ante la mirada perdida de Mirko.

Todo lo que en su momento hizo Mirko, lo escribió Pedro, algo así como su biógrafo, quien intentó rescatarlo. O sea, Pedro fue mi antecesor.

De Pedro se puede decir que en el poco tiempo que existió, escribió sólo para concursos literarios. Le dijeron que si ganaba algo, lo buscaría una editorial multinacional. Eso esperaba en el fondo: vender y vender libros como Chaqueta y ser un best seller. Buscaba fama rápida y viajar gratis por ferias de libros del país y del mundo. Necesitaba de un séquito de lectores para no sentirse nada. Participó en concursos a nivel nacional e internacional. Sólo logró una mención honrosa en el concurso de cuentos de un perdido ayuntamiento de España y la fama de sinvergüenza, al no justificar un dinero que le entregó el gobierno para realizar un taller literario para escritore(a)s voluntarioso(a)s y una campaña de fomento a la lectura.

Pedro iba por los 40 años: menos pesado por efecto de un gimnasio, hasta que yo tomé la posta, dispuesto a terminar con la ambición de Pedro. Claro, si algo me diferencia de él es mi poca ambición, créalo. Sólo me interesaba encausar a este personaje para que consiguiera algo que valiera la pena.

Una mezcla de Mirko y Pedro conquistó a Sol. Ambos la decepcionaron. Después de todo surgí yo, Leonidas.

DOS

Es cuestionable decir si Mirko tomó las decisiones más inteligentes. Como sea, tarde o temprano el hombre se percató de que pudo dejarse llevar por sus impulsos. Impulsos surgidos de sus frustraciones.

No quería seguir de gallinita como mierda. Le molestaba que lo vieran como un parásito. Que lo tildaran de cafiche o pelele. En fin, juzgue usted. Juzgue, por ejemplo, hasta qué punto influyó Sol en esto. ¿Tal vez una decepción amorosa pudo jugar a favor de rasgarse la camisa de fuerza? ¿Podría esto leerse también como la historia de las infidelidades imaginarias de Mirko? ¿Será, tal vez, esta última razón la excusa para culpar al sistema o al equipo de fútbol que siempre derrotaba a su equipo de fútbol favorito? Quién sabe.

Los primeros ajustes de cuentas se sucedieron en los días en que Sol no estaba en casa. En su ausencia por razones de trabajo (del lunes hasta el jueves por la noche, Sol trabajaba bajo turnos en una minera), Mirko cambiaba de hábitos. Si cambiar de hábitos era escribir, Mirko entonces escribía y era Pedro. Sol no estaba al tanto de esto. En su mundo, el pequeño mundo de Sol, ella creó una fantasía donde su pareja oficiaba como un prudente y confiable compañero en su ausencia. De este modo, y de memoria, ella podría contar la rutina de Mirko linealmente, sin alteraciones. Un mecanismo necesario para trabajar tranquila afuera de la ciudad. Lo hacía a 200 kilómetros al sur, en la minera Escondida. Sol trabajaba en comunicaciones. Había semanas en que se quedaba en la ciudad trabajando, en la oficina que tenía la minera y que a diario recibía cientos de currículos de esperanzados en sacarse la lotería.

El panorama amoroso entre Mirko y Sol partió de esta manera: él la invitó a un motel después de salir a un bar, tras un encuentro de colegas de la redacción del diario. Ella, en ese momento de pragmatismo plano, no esperaba nada. El amor era otro asunto. Algo más engorroso y, en consecuencia, una pérdida de tiempo cuando ella ya se había planificado para conseguir éxito laboral, aunque siempre mantenía la posibilidad de un encuentro inesperado, positivo y hasta romántico. Aceptó. Mirko se dejó llevar por la intuición y, medio borracho —de lo contrario no se habría atrevido—, la besó y la invitó al motel.

La historia entre ambos comenzó sin diálogos sobre el futuro. Se fueron a vivir casi con lo puesto, tras un mes de encuentros en el motel que quedaba a dos cuadras del periódico. Primero: diez meses en una casa dentro una población no muy amable, cuyo mal recuerdo eran los gritos de unos chicos golpeados por su madre y luego, los gritos de la madre golpeada por su esposo. El arribo de la policía traía un silencio de un par de semanas, hasta que regresaban los gritos. Después: una vez que Sol mejoró su sueldo, se mudaron a un departamento en la costanera. Vivían de manera tranquila hasta que el compromiso de Sol hacia su trabajo alteró la rutina. Sol, quien cada vez tenía menos horas para compartir con su pareja, comenzó a hablar por teléfono un lenguaje que Mirko no entendía y eso le molestaba. Sol adoptó lo que podía denominarse como una personalidad institucional, donde la empresa hablaba a través de ella. El lenguaje de Sol contenía tonos agudos y zalameros para el oído de Mirko, quien comenzó con más fuerza a ser Pedro y a hablar de literatura y de autores cada vez más lejanos al mundo de Sol.

Una vez Pedro, medio borracho, le leyó poemas sueltos mientras Sol desayunaba.

Sol, indignada, lo mandó a acostar.

Pedro le dijo que dejara de venderles el cerro a los gringos hijos de putas.

Sol le cerró con fuerza la puerta de la habitación.

Sobre la ciudad, o el contexto, o el caldo de cultivo donde sucedieron las desapariciones, se puede introducir lo siguiente: ciudad puerto de la minería en el desierto de Atacama, con 400 mil habitantes, donde la denominada gran minería abdujo al 10% de su población hacia un estándar de primer mundo. El resto quedó mascando lauchas.

Característica sicológica de la ciudad: intolerancia, especialmente contra los nuevos inmigrantes, colombianos de bajo recursos, afros, la mayoría de Buenaventura, que llegaban escapando de la inseguridad de su país.

El primer fondeado o desparecido de esta historia fue el director de orquesta, el primer jefe de Mirko. El modus operandi lo repitió con otros jefes: el director del diario y Chaqueta quien, por sus méritos literarios, mereció quedar sepultado bajo una ex oficina salitrera. Sin embargo, Mirko, el vengador, lo dejó vagando en medio del desierto sin agua ni celular con GPS.

Las extremidades del director de orquesta las encontró un perro cerca de las ruinas del antiguo poblado fiestero de Pampa Unión, en el desierto de Atacama, donde el sol te hunde, a un costado de la ruta y donde a veces son visibles una serie de rarezas paranormales que, por respeto al lector, no vale la pena describir.

Con tanto desierto, la gente se pone imaginativa. Se pierde.

Gracias a la carne amarga y el líquido percolado, el perro pudo sobrevivir un par de días. Igualmente el perro se secó en el desierto o el desierto secó al perro, da lo mismo. Cada cierto tiempo aparecen cuerpos secos de personas en el desierto, a los que le denominan empampados.

Chaqueta es un empampado. Todavía no lo encuentran.

El director de la orquesta era de los que te sonreía, para después, con los de su confianza, descuerarte sin asco ni fundamentos. Hasta te inventaba defectos. Era pequeño de tamaño, no más de un metro sesenta y cinco, grueso como un proyectil. De cabello castaño casi rubio por la tintura, liso. Le decían Pablo Mármol. No es raro que su desventaja física le generara un complejo de inferioridad que compensaba desquitándose con sus subordinados.

Su poder consistía en decidir el futuro del resto. Como Dios, como un señor feudal. Desde su feudo, dominaba su villa de hombres mínimos. Todos vulnerables, en algunos casos por vicios, aunque en su mayoría por deudas en las casas comerciales. Todos temían perder su empleo y quedar e n c a l i l l a d o s *for life.*

Si fuera por dinero y bienes, como mide el mercado, el director de la orquesta estaba entre los exitosos. Alardeaba de sus cenas, noche por medio, en el restorán del casino, uno de los más caros de la ciudad. Veraneaba sólo en la polinesia francesa después de haberlo conocido todo, decía, y gozaba de los cuerpos jóvenes de unas escorts cuyos servicios eran similares al sueldo de algunos de sus empleados. Sus empleados lo sobrevaloraban porque todo lo que no se conoce se sobrevalora. Envidiosos de mierda, decía el viejo, comiéndose las uñas.

Y a pesar de sus placeres, el viejo, como en las teleseries, no parecía feliz. Siempre quería más. El viejo estaba cebado con el jardín de la novedad, pero sus hábitos habían cambiado desde su último ataque cardiaco. Bajó de peso y parecía más generoso. Tal vez era su manera de acercarse o ganar la vida eterna a la que apostaba. Decía que la música era buena para el alma. No quería irse con cargos de conciencia a lo que llamaba cielo. Tenía una estampita de Escrivá de Balaguer en su oficina. Tal vez creía, tal vez no. Por capricho o fe o una supuesta sociedad secreta, la estampita de Escrivá de Balaguer era frecuente en las oficinas de los poderosos de la ciudad. Algo así como un pacto de elegidos.

Además de haber sido el director de la orquesta oficial, la única de la ciudad, era el principal importador de comida para mascotas. De ahí su dinero. La música era su pasatiempo. Como no había mayores exigencias para la cultura en esa ciudad perdida en medio del desierto de Atacama que complacer a la minería, el señor no había sido cuestionado por la calidad musical de su orquesta, que tocaba de memoria lo mismo de siempre. Decía amar en la misma medida tanto a los animales como a la música —los humanos, a excepción de su familia, venían en un sitial detrás—. Incluso había compuesto, se jactaba, una sinfonía para perros. Trataba mejor a sus seis canes que a los músicos. Su perro regalón era un chihuahua, Quiqui, al que paseaba en su vehículo, un ostentoso 4x4, de esos que parecen tanqueta.

Para su jefe, Mirko era otro músico fracasado. Esa era la razón por la que estaba donde estaba: en una mediocre orquesta de provincia. Decía que los músicos nunca aprenderían porque eran tipos que se creían Bach y terminaban borrachos y marihuaneados tras pelearse con todos. Tipos parias. Tipos a los que no les interesaba la plata. Bolcheviques, pues para el viejo chico todo lo que era contrario a su manera de pensar, a Dios, al Opus Dei, era marxista. Incomprendidos, después de todo. En efecto, debían aprender de su persona, que utilizó a la orquesta como trampolín para entrar a los círculos más importantes de la ciudad, los círculos de Escrivá y de Pinochet, quien alguna vez dijo que obtuvo su fuerza de Dios.

Mirko todavía era parte de esa orquesta de provincia, de la mediocre orquesta, como lo reconoció en varias oportunidades. El mérito del director, según Mirko, había sido la transformación de la agrupación en la mejor equipada del norte de Chile y la más responsable a la hora de pagar, aunque carecía de prestigio. Nunca salían de gira. Simple: nadie los invitaba. Igualmente el director les seguía sonriendo a los tipos con más dinero de la ciudad, el público fiel de la orquesta, los mecenas.

Los mecenas eran un grupo de ancianos acaudalados —en su mayoría empresarios— que seguían al director desde la época de los milicos. A éstos se unieron las empresas mineras, en base a sus políticas de responsabilidad social empresarial. Con el tiempo se denominaron consejo de padrinos y madrinas de la orquesta. Con todo, ya les aburría meter las manos en sus empresas, pese a que aportar a la cultura les significaba ahorrar impuestos y otras regalías. En medio de los tiras y aflojas por la plata, surgía casi espontáneo el ángel, la buena alma del director, para convencerlos de la trascendencia de su generosidad. ¿Qué sería de esta ciudad sin su orquesta sinfónica? ¿Dónde quedaría la gran cultura?

—Gracias a Dios y a ustedes tenemos buena música —decía, mirando al techo como buscando a Dios para agradecerle de llevar una vida correcta ante los demás y donde todos los que no seguían su ejemplo, como sus músicos, eran pobres almas condenadas a las que ni siquiera la música, la gran música de Bach, podría resarcir.

Nunca habían fallado los dineros, como tampoco debía fallar la orquesta.

La sonrisa del director era bonachona: una mueca leve para la izquierda que se conjugaba bien con las arrugas de su frente y sus ojos achinados. Parecía un viejito encantador, un abuelito tierno. Era, en el fondo, el perfecto padre de Quiqui. En medio de cualquier conversación recordaba con el pecho henchido a sus nietos. Decirle que no eran los niños más hermosos ni inteligentes del planeta, como él lo creía, era acuchillarlo. El hombre ya había aguantado dos infartos. Demasiado colesterol. Varios bromeaban con llevarle un chorizo grueso y grasoso, aunque sabían que si el viejo moría, se llevaba la orquesta, el trabajo y hasta la dignidad de los pobres músicos. Algunos dependían exclusivamente de ese dinero. Estaban atados a ese viejo cabrón.

El viejo disfrutaba cuando le hablaban de sexo, más si era un comentario sórdido de alguna de las chicas del conjunto. Les seguía la vida a dos, las más atractivas. La primera, una morena delgada, casada, y la otra, una argentina proveniente de Salta, soltera, que era trombonista. La argentina era nueva en el grupo. Había cruzado los Andes huyendo de dramas económicos y amorosos. Estuvo casada. Le achacaban un supuesto trabajo de dama de compañía o prostituta, motivo que hinchaba la imaginación del director. Deseaba saber cuánto cobraba y qué trucos hacía en la cama. Era lo único que justifica sus clásicos meneos de pelvis, a lo prócer de rocanrol. Elvis le quedaba pequeño, decía.

Para desgracia de Mirko, el director también alardeaba de sus viajes y de su suerte. Hablaba de un coreano diplomático que lo recibió como un rey en Seúl, de los dos mil dólares que ganó en una noche de suerte, en un casino de Las Vegas. ¡Mitómano de mierda!, era lo mínimo que se chismorreaba entre los músicos. Estaban obligados a escuchar sus malas historias en medio de los ensayos.

Las editoriales y crónicas del diario siempre rescataban a la orquesta como el orgullo cultural, como el bastión. Sin embargo, sólo 50 personas asistían habitualmente a la temporada oficial de conciertos. Ocho conciertos al año, casi uno por mes, excepto en el verano. Y es que la «Radetzky March» de Strauss, identificada con las marchas de los milicos, no conmovía a los provincianos como las baladas románticas del mexicano Marco Antonio Solís.

¿Por qué Mirko, entonces, se sometió a tocar la «Radetzky March» por unos pocos pesos? Porque mantenía la autoestima en el wáter. Tocar la «Radetzky March» para gerentes era una contradicción que le quemaba por dentro, comparable a la de los periodistas que abrazaban los postulados de izquierda, pero trabajaban en un diario de derecha. En síntesis, su vida estaba llena de contradicciones, algunas pequeñas y otras enormes como un elefante. Podría haber sido la orquesta o podría haber sido otro trabajo. Mirko no contaba con las habilidades para subsistir y llegar a ser exitoso. Era la antítesis del director, el cínico. Su frustración se agudizaba por el hecho de alcanzar en poco tiempo la recta de los 40 años. Ya no había tiempo. El sistema desechaba a los de 40 años. Se sentía viejo, por esto quería hacer todo rápido, asegurarse. Le frustraba ser como era, alguien incapaz de venderse. Le frustraba haber transado y ahí, en el medio, aparecía Pedro. Pedro lo sosegaba.

Fue Mirko quien raptó a su jefe después de salir de una escuela donde la orquesta ofreció la «Radetzky March» para bendecir una banda instrumental de niños.

El director le ofreció todo el dinero que podía a Mirko, con tal de que no lo botara en el desierto junto a su perro Quiqui.

Estimula saber que dos personas —una es Sol— conocieran el surgimiento de mi persona o esta excusa para sobrevivir. La otra persona es Juan Martínez. Necesitaba de aquella validación. Reconozco tener los llamados males del hijo único, de un pobre hijo único: ¡por favor, necesito afecto, que me digan lo importante que soy, que me lean, que me quieran, de lo contrario me voy a la mierda, me despacho!

Para quien redacta, el solo hecho de tejer ideas en fragmentos le da la autoridad para vanagloriarse de que escribe una novela, un género literario que de todas maneras, en estos tiempos de exacerbación e inmediatez, lo aguanta todo: dibujos, canciones, fotos. Fotos. Más fotos. Hay novelas que parecen collage. Más fotos. Entiendo que es por un capricho estético. Los lectores quieren figuritas visuales. Figuritas atrapa ojos. Lectura visual. No divago, entienda que esto es un desmarque. Un caprichoso desmarque. El rechazo debe ser bien fundamentado. Ódieme. Esto es malo por las siguientes razones, o esta huevada es pretenciosa por las siguientes razones, o este huevón quiere llamar la atención, decir aquí estoy vivo, aquí, desde el desierto, desde la provincia, desde la provincia de la provincia, desde el culo tomate del mandril. Más fotos. Lo mejor, señor lector, es la indiferencia. La indiferencia anula. Es la mejor patada en estos casos. Una patada a los testículos bien dada. La misma que le propinó Mirko al director. Una patada en el hocico como le dio Mirko a Chaqueta. Una patada en la guata como le dio Mirko al director del diario.

Ahora también me fascina la ambigüedad de las palabras. Pienso que es una condicionante de la relación entre escritor-lector, en el caso que sostengan un vínculo amoroso, como me sucede: amo a Sol. Sol, después de leer el primer capítulo, escribe —por Mirko— que supo de su problema de bipolaridad el primer día en que sus olores se amalgamaron. ¿Mirko olía a bipolar? Quizás sólo se había echado desodorante en una axila. La otra se había oxidado. Al parecer Sol utilizaba su olfato para adivinar. Podría ganar dinero. En el ambiente siempre hay mercachifles que venden destino: la señora se llamaba Yolanda, vestía colorinche, tiraba las cartas y su casa olía a incienso. El cura se llamaba Tato y les enseñó a las chicas a disfrutar el olor de su cuerpo desde los 15 años, un adelantado. El pastor se llamaba Rubén, olía a culo en el verano e invirtió en una constructora el diezmo de los hermanos y terminó millonario gracias a Jehová de los ejércitos. Quizás más adelante, en el futuro, Mirko le pida una olisqueada a Sol para saber dónde y con quién terminará. Quizás Sol se pueda molestar con estos comentarios. Mejor es que Sol lea hasta aquí, para no herirla, aunque se molestaría de sobremanera si sabe que la dejaré mal parada.

¡Por favor, Sol, disculpa! Esto es ficción. No creas nada.

Una vez Mirko escribió un artículo cultural para un diario. No interesa cómo se llamaba el diario a estas alturas, pues desapareció y un diario que desaparece lo hace por la carencia de lectores. Entonces era un diario literario. Mirko también fue periodista, aunque ganó más dinero como taxista y músico, pero si de ganar dinero se trata, su trabajo más exitoso fue el de dealer.

El artículo trataba sobre una conferencia literaria cuyo título era «¿Por qué no leen los chilenos?». Rebuscada pregunta. No leen por la tele. No leen porque los libros son caros. No leen por el impuesto. No leen porque los escritores escriben para ellos mismos. No leen porque se trabaja demasiado. No leen porque les da miedo estar solos. No leen porque les da sueño. Al otro día los aludidos, conocidos sociólogos, lo felicitaron por su ironía. ¡Qué mierda! No buscó burlarse. ¿Quizás el problema fueron los adjetivos? Recuerdo la frase: «...las figuras de bronce (por las estatuillas de unos próceres) se enmohecieron por la exquisita (nótese el adjetivo) saliva de los contertulios». A los tipos les había molestado la frase. Por lo menos entendieron que sus encerrados pajeos mentales eran inútiles y que la suerte parecía echada para la literatura.

En el fondo se preguntaban por qué la masa, el populacho, la prole, por qué recrestas esa gente rota, así decían, no tomaba un libro y se hacía más culta, y terminaron por culpar a la televisión, al impuesto al libro, a las multitiendas con sus revistas gratuitas de ofertas, a la farándula y a la sobrecarga de trabajo. Por esto los académicos invitaron a su conferencia al diario, en cuya representación asistió Mirko. Iba con la orden de anotar todas las frases de los académicos, pues para eso la universidad le había pagado al diario. Un diario prostituto como la mayoría, un diario pobre al fin y al cabo.

Después de aquel incidente se acabaron las tertulias organizadas por la universidad y los dioses, para su desgracia, se retiraron a sus olimpos, a pensar: ¿por qué mierda los chilenos no leen?

Mirko, en tanto, decidió escribir desde el anonimato. No quería prestarse otra vez para comidillo, aunque igual lo hacía. Hasta pensó que los tipos pedirían su cabeza. Sin embargo, insisto: era un diario demasiado pobre para echar a los periodistas. Pagaban con vales de supermercado. Es decir, su cabeza no valía un centavo. Nada.

Marco Antonio Solís, el ídolo mexicano de la canción romántica, se presenta la tarde del sábado en el Gran Festival del Desierto: así lo anunciaba hasta el hastío un par de camionetas que recorría la ciudad.

Mirko no le dio mayor importancia, aunque le brotó una mueca de desprecio cuando alguien de la orquesta se lo comentó. Solís no era de su gusto, aunque sus canciones desde hace un tiempo estuvieran ahí, mosqueando sus intolerantes tímpanos de concertino. Mirko no toleraba —aunque a veces fingía hacerlo— la música romántica. Peor si era en castellano. Lo consideraba cursi. «No hay nada más cursi que el amor…», le contestaba Sol entre risas y Mirko agachaba la cabeza y le subía el volumen a una canción de Pimpinela. La lista de odiados era breve: Ricardo Arjona, Luis Miguel, Juan Gabriel y todos sus sobrinos (Solís estaba entre ellos). A los pasajeros del taxi les hacía oír a Leos Janacek. Creí hacer un bien a la sociedad difundiendo a estos señores que nadie conocía en una ciudad que consideraba bastante ignorante. Y escuchar a Janacek en medio de personas preocupadas de lo cotidiano, a veces hasta de sobrevivir, lo hacía sentir bien. Demasiado. De vez en cuando preguntaba: ¿le gustó la música? Las señoras le contestaban cosas como que la música clásica o selecta las relajaba. Y más disfrutaba de Janacek nuestro Mirko, señora y señor, cuando algún chico con pinta de rockero o reggaetonero se subía al taxi.

Sol llegó comentando sobre el concierto:

—¿Vamos?

Mirko ni la miró, aunque ya había pensado en la posibilidad de asistir, eso sí, sólo por Sol.

—Nunca viene nadie a este desierto. Si no me acompañas, igual iré con una amiga —dijo ella, aclarándole que *por nada del mundo* se lo perdería. Mirko imaginó al publicista en vez de la amiga.

El concierto se realizaría a 80 kilómetros al noreste de la ciudad, en un escenario levantado en medio del desierto, parecido a una gigantesca parrilla para asar carne. El lugar se llamaba Baquedano y era un caserío chato esparcido a los costados de la Panamericana. El concierto era financiado por una empresa minera.

Para lograr una buena ubicación había que llegar temprano: seis horas antes, por lo menos. Costo de oportunidad, lo llamaba Sol. La tortura era aguantar el sol quemante por donde se lo mirara, en pleno verano y con la posibilidad de perder la ubicación al ir a mear. A esto había que sumarle el polvillo que levantaba la brisa. El concierto comenzaría a las 17.00 horas, cuestión nunca definitiva. En la noche la temperatura bajaba. El remate sería un afilado viento helado.

Sol canturreaba una repetida canción de Solís que estaba de moda: *no hay nada más difícil que vivir sin ti, sufriendo en la espera de verte llegar, el frío de mí cuerpo pregunta por ti y no sé dónde estás.* La canción era pegajosa y Solís, una suerte de mesías gitano que interpretaba, de manera simple, las pasiones amorosas de muchos. Era el ídolo musical del momento, el superventas de las disqueras e invitado recurrente al Festival de Viña del Mar, el escenario más importante de Chile.

Dos días antes del concierto, el director de la orquesta había anunciado a sus dirigidos que el príncipe Solís necesitaba tres músicos. La paga era buena, en dólares y con la posibilidad de seguir la gira por el continente. A Mirko le brillaron los ojos. Es una oportunidad única, le comentó Mirko algo irónico a Sol. Mirko había decidido subir al escenario.

Un container funcionaba de camarín para los músicos invitados. Era un rectángulo estrecho que olía a una mezcla entre plátano y lavanda de spray. Había un par de sillas, una mesa y un pequeño espejo donde Sol se pellizcaba la cara. Lo hacía de ansiosa. Las dos violinistas, en tanto, estaban como piedras. No sobrepasaban los 30 años y, a pesar de sus peinados aparatosos, no lucían bellas. Sol las opacaba por su soltura, su ropa tipo expedicionario del desierto de Sonora y su sonrisa relajada cuando contaba los minutos para que su amor subiera al escenario.

Por más de una hora, las chicas de mirada vacía habían esperado el ya comprometido —por lo menos así se los dijo el productor— saludo del ídolo. Las chicas le habían pedido a Sol que las fotografiara con el mexicano y Sol les pidió que le devolvieran la mano. Sol quería una foto con Solís como un divertimento para las redes sociales. Sol no era de redes sociales, pero estas cosas le motivaban, más bien le divertían. Pensaba en una mueca para posar en la foto o algo así como un dedo apuntado a Solís. Podría imaginar el rostro de su amigo Álex, el publicista, al ver la foto: ¿qué haces ahí, en esa mierda calurosa, mujer?, y luego la risa.

El arribo de Solís a Baquedano fue comparable al de Juan Pablo II a la ciudad en 1987. Miles de pañuelos blancos brotaron en el desierto. Desde el aire, la postal parecía un desierto florido. Un helicóptero seguía todos los pasos del ídolo. Rodaban un documental. Había más de 80 mil personas —algunos aventuraban que 100 mil— repartidas bajo el escenario. La mayoría eran mujeres. La mayoría, insoladas. La mayoría había esperado desde la noche anterior. Eran las famosas damitas, como les llamaba el músico, aunque la prensa lo considerara despectivo. Las damitas enloquecieron cuando el mexicano bajó desde la van oscura. Su impecable traje blanco, como el de Ricardo Montalbán en «La isla de la fantasía», le imprimía esa aura inalcanzable, de enviado de Dios, de santo pagano. Su barba brillaba. Le faltaba la corona de espinas, aunque con esa facha podría adornar cualquier altar de las añosas iglesias diseminadas por el altiplano.

El ídolo le dio un suave apretón de manos a Sol. Su cara fue de confusión y alegría. Solís tenía las manos heladas, como las de un muerto; era como frío de adentro, dijo después. A las violinistas las inmortalizó Mirko. Las fotos aparecieron en el diario como corolario de un artículo titulado: «Dos antofagastinas vivieron una noche inolvidable con Marco Antonio Solís». La gente creyó que se trataba de dos prostitutas. Tras el encuentro, una de las chicas de puro nervio se puso pálida e intentó vomitar. Ninguna se había parado ante 80 mil personas. Ninguna había integrado la orquesta de un músico famoso. La otra chica trató de arrancar, pero Sol la detuvo:

—¡Cálmate! —le gritó Sol con cara de pescado.

Los tres músicos de la orquesta salieron mareados al escenario. Allí esperaban los treinta músicos de Solís, que parecían muñecos de torta de novios. Luego la ovación.

A Mirko no parecieron importarle las 80 mil personas, ni las cámaras de televisión, ni el helicóptero que parecía a punto de estrellarse contra el escenario. Era su noche. Tal vez al final podría hablar con el director de la orquesta. Se imaginaba viajando por el mundo, junto a Solís. Mientras tocaba, pensaba en aprender rápido el inglés. Quería radicarse en Miami y después irse a Las Vegas. Mientras tocaba, se veía en playas paradisíacas de México o Brasil. Se veía componiendo junto a Solís e incluso dirigiendo la orquesta. También se imaginó abrazando la cintura de una de las bailarinas afro-gringas que sacudían el culo y la cabeza en el momento en que el ídolo interpretaba una de sus canciones más movidas.

Al final Mirko le comentó al director sus ganas, su anhelo y su esperanza. El director lo miró sorprendido.

Pidió su correo electrónico y en un castellano de gringo, le comentó que lo más impresionante de la urbe eran las manadas de perros vagos en sus calles.

Mirko comenzó a redactar sobre farándula hace cinco años o más en un diario con seis periodistas aburridos de tanto redactar lo mismo. En los diarios de provincia el tiempo es cíclico, las noticias se repiten cada año. Revise los diarios. Haga la prueba. El protagonista de esto tuvo contradicciones al principio por la tontera, por la paja molida que significaba la farándula, pero primó, como suele suceder, el dinero. Puede decirse que Mirko mantenía deudas. Mirko se había dejado llevar por las tarjetitas de plástico, al igual que sus colegas.

Qué tipos más reprimidos parecían los colegas de Mirko. Si alguien los mirara desde arriba como una araña, vería pasar la vida casi sin significado, muda, salvo por cambios físicos de estas personas. Se quejaban como viejas bicicletas oxidadas avanzando por la costanera. Quisieron ser más, pero chocaron contra las paredes del acuario.

Mirko cargó el mote de fabricante de tonteras.

Eso le sonsacaron los artistas de la ciudad. Agreguemos que la gente consumía tonteras por la tele o por los diarios, pues el país parecía estar convertido en una tontera: demasiado trabajo, mala repartija, abuso y cosas tan perversas como el cierre de un colegio para que siga funcionando una empresa contaminante con el propósito de fomentar el empleo.

Mirko se hizo un maestro en desinformar; eso era lo que buscaban los dueños del mercado, sus patrones.

Pocos o casi nadie se daba el tiempo para ver algo más sesudo después de diez u ocho horas de trabajo. Así, parecía interesante vivir la vida de otros, la vida de los monos de cuerpos bellos de la televisión, juzgar sus vidas, dispararles, verlos bailar y, lo mejor, verlos fracasar. Ver al chico borracho haciendo mierda su batiauto. Ver al fanfarrón 10 de la roja insultado por su mujer, después de haber salido con alguna chica de una sudada discoteca. La farándula era el circo que necesitaba la gente después de todo. Otro narcótico como el fútbol y lo lindo era que se juntaban el futbolista y la trepadora. ¿Por amor? Por interés. Lindo de teleserie.

Era tiempo de noticias como el fallido matrimonio entre la rubia modelo Silvana Oyarzún y el futbolista Ronald Sosa. Sé que a Pedro no le gusta recordar su época de reportero de farándula. Por una cuestión de prestigio, decía. Más aún cuando se consideró como un escritor emergente. Eso: escritor emergente y nada más. El límite no lo puso él, claro está, lo pusieron los consagrados, quienes asisten regularmente a la Feria de Guadalajara con un par de libros bajo el sobaco pues son amigos de un tal Beltrán, uno de esos popes literario que aparecen y desaparecen según el gobierno de turno —pues hay escritores de gobierno y de oposición—. Pero volvamos a lo nuestro. A Pedro. A la farándula. Hubo momentos inolvidables, como cuando lo mandaron a sacarle unas palabritas a la exquisita de Silvana. Un lujo. Lo envidié. Ella se bronceaba en la playa privada del único hotel cinco estrellas de la ciudad. Pedro la encontró recostada en la arena, con el culo brilloso partido en dos por el mezquino encintado del bikini y, como era de suponer, de inmediato se le endureció la verga. La verga que esclavizaba sus pensamientos. Ella cumplía bien el trabajo de calentar. De eso vivía.

—Hola. Soy el periodista que recién te habló…

¿Recuerdas? (qué lo iba a recordar, pero igual) —le dijo como recitando de memoria, quizás con el timbre de voz demasiado alto.

Luego se agachó y besó sonoramente su mejilla aceitosa por el bronceador. Se sentó para la entrevista e incrustó los ojos en sus tetas brillosas. No eran tan grandes, pero estaban bien formadas, duras como dos limoncitos ácidos. Ambos quedaron mirando hacia el mar límpido que a esa hora parecía un espejo. Silvana ni siquiera se sacó sus gafas de sol. No le interesó conocer a Pedro: para ella era la simple voz de otro periodista que la acosaba para preguntarle ¿y qué mierda pasó con Ronald Sosa?

Linda la mujer. Siempre quiso una hembra de ese tamaño, de ese culo. Siempre soñó con una mujer depilada hasta lo más ínfimo, como las que aparecían en las películas porno de la famosa Jenna Haze.

Juntó fuerzas mientras la rubia hablaba tonteras. Diez tonteras por minuto. Cinco tonteras por minuto. Era una metralleta de huevadas. Nuestro protagonista la imaginó en cuatro patas con Sosa follándola por detrás, a lo perrito. Se sintió como él, un goleador de raza. Seguía grabando. Ya Pedro sentía la gotita picante en la punta de su pene. Al fotógrafo, que recién había llegado, le sucedía lo mismo. El tipo estaba extasiado fotografiando a la rubia que ni siquiera se daba el trabajo de posar. Sólo miraba, estática, fría, calculadora, y eso bastaba para humedecer a cualquiera. Comprobaban su poder, el poder de la rubia tarada, como la canción de Sumo, que era la banda sonora de ese momento en sus cabezas.

Había unos arbolitos cerca y la playa estaba desierta. Animales. En dos minutos pensó en aturdirla con la Nikon del fotógrafo para después, en medio de los arbolitos, hacerle lo mismo que Sosa, aunque también por delante y por arriba. El fotógrafo, con la boca seca, parecía el cómplice perfecto para inmortalizar sus nombres en la historia policial chilena, como los periodistas violadores de la Silvana Oyarzún. ¿Por qué no? La culpa la tenían la farándula, la exacerbación y el sistema. Quizás en la cárcel hasta firmaría autógrafos.

Lo hicieron, amigos, les dirían los reclusos y luego les pegarían una patada en el culo. Fuimos ustedes, les responderían los periodistas violadores. Los felicitamos de parte del alcaide, les dirían los gendarmes. Y les dedicarían un programa de televisión, seguro.

Era una provocadora y una caliente, habría dicho el director de orquesta. Háganlo, viólenla, eso es lo que busca esa maraca, como todas las de la tele, como todas las mujeres que exhiben su piel.

Háganlo por Alá, les diría un talibán.

Esa vez Pedro logró sacarle las palabritas. En el diario lo felicitaron. Se trataba de una mujer que, por sus escándalos amorosos, siempre levantaba las ventas. La chica no trataba bien a los periodistas, a pesar que estudiaba periodismo en una universidad privada. La muy cínica los despreciaba, pero el que tuvo al frente le agradó. Quizás pensó que los periodistas de provincia eran más sanos, más ingenuos o estúpidos.

Pedro no parecía dañino, aunque lo era y eso lo supo Sol, después. Su cara era común, quizás reflejaba tranquilidad y hasta estupidez. Al final, hacer periodismo de farándula no fue tan humillante, ni tan malo. El problema era que siempre había potos parados y tetas aceitosas, aunque imposibles de succionar en la práctica. Sólo eran culos para tipos como el futbolista Sosa, que tenía el abdomen plano y con calugas. Fue una manera de poner a prueba sus límites.

Coincidamos en que todo lo relacionado con ese diario se trató de una experiencia contradictoria: en la redacción conoció a Sol, su amor, y comenzó a escribir.

Respecto a Silvina Oyarzún, se puede agregar que de uno de sus pezones surgió un cangrejo rosado que se perdió en una poza. El culo, digamos las nalgas de la modelo, nunca fueron halladas. Malditos y hambrientos cangrejos carroñeros. Tal vez quedaron enterradas en las arenas del hotel o alguien las vendió como menudencias de vacuno. Tal vez la silicona envenenó a los cangrejos. Nunca se encontró a la mujer fondeada, ni nunca se supo quién o quiénes estuvieron detrás de tan horrendo crimen.

El diario culpó a los narcos.

Qué tipos más reprimidos parecían los colegas de Pedro en el diario. Respondían con un sí rotundo a todos los mandados, a veces ridículos, del director. Les pedía revivir al maléfico chupacabras. Siempre era bueno revivir al chupacabras en tiempos de vacas flacas o cuando una orden superior mandaba a tapar alguna embarrada de los amigos del gerente, de los intocables milicos, de los potenciales clientes del diario o de los empresarios de las mineras. Inventen, por último, les decía. Mantenían un buen sueldo para ser periodistas, al menos uno que les permitía sacar créditos de consumo, pero deseaban ganar más. Querían ganar como los periodistas de las mineras y viajar de vacaciones a Egipto y aparecer en una foto en las redes sociales montando un camello con las siluetas de las pirámides en un fondo sunset. Deseaban conversar de sofisticaciones como el menú de los nuevos restoranes gourmet que habían llegado la ciudad. Había excepciones, como en todos lados. Lucían opacos, casposos y hablaban poco —demostraban concentración—. Entre ellos eran competitivos y celosos con sus crónicas.

Quizás fingían una obsesiva dedicación hacia el trabajo, cuyo resultado sería, en un par de años, su evolución a autómatas. Uno, el más pelado, decía a cada rato: estamos jodidos por haber nacido. Resultaba desagradable escuchar la misma frase del pelado amargado y cabrón, decía Pedro en la oquedad de su mente, cuando por varios meses lo tuvo sentado en el computador de al lado, como un vecino demasiado desagradable. El pelado era celoso con su material y siempre estaba atento a quienes observaban lo que escribía. ¡¿Quién estuvo aquí?!, decía molesto, moviendo con fuerza el teclado, cuando se percataba de que alguien había extraído algún teléfono de su exclusiva agenda de próceres provincianos. Pedro varias veces lo hizo, para la cólera del pelado, y eso lo sabía el pelado, o sea, sabía que su vecino era un peligro y era por eso que con desgano lo saludaba. Para el pelado, Pedro era un periodista novato y, por consiguiente, poco confiable para temas de importancia en la ciudad. En consecuencia, lo mejor que podía hacer era farándula y un poco de cultura para compensar.

Quizás faltó tiempo para conocerlos. Siempre falta tiempo para conocer a la gente. Qué mal resulta estigmatizar, le comentó Sol a Mirko cuando le cacareó sobre las ridículas manías de pelado. En un momento nuestro protagonista creyó que se había mimetizado con ellos, que era una sardina. Cualquiera lo pudo confundir, aunque en el fondo él, ÉL hacía literatura: así lo sentía derechamente y ahí comenzaba a mutar a Pedro, el literato perdido de la ciudad perdida del desierto.

–No entiendes que el periodismo no es literatura. La literatura no vende, tonto, los clichés sí — le decía el director cuando leía una crónica pretenciosa de Pedro, de esas en que el dato duro empezaba en el tercer párrafo o en el cuarto.

Terminaron por desconcertar a Pedro el maltrato y los juicios absolutos de viejo y macho dominante, también su extraño comportamiento después de defecar en un estrecho baño, incubado en su oficina. Todos los días, a las 15.00 horas, el director del diario tapaba con su estiércol el WC. No cerraba la puerta del baño ni la de su oficina. La oleada putrefacta se metía en las narices de sus empleados. Algunos escapaban, otros encendían un cigarro —cuando se podía fumar en la oficina— y otros recitaban chuchadas en voz baja. Después salía muy campante a repartir sonrisas. Nadie entendía el acto. Nunca nadie le dijo: ¡asqueroso de mierda!, pues la patada en el culo iba a ser instantánea y después vendría la cesantía.

Del sillón que estaba en su oficina se contaban mil historias. Había sido el colchón del director anterior, un tipo que se vestía de blanco tipo Tom Wolfe, pero de la localidad de Huara, y que tomaba el té a las cinco de la tarde, como un perfecto inglés. Nunca le cayó la policía por pedófilo. Lo cuidaban. Lo de su gusto era secreto a voces en la ciudad. Era el director del diario. Si se destapaba la olla, quedaría mal el nombre del diario. Lo despidieron por pedófilo, aunque le inventaron una salida digna, pues estaba en juego el prestigio del pasquín. El sillón quedó como recuerdo del lugar donde les pagaba a chicas adolescentes para toquetearlas. El reportero gráfico, el otro implicado, las elegía entre otras chicas adictas a la paste base. Al señor le decían el conde. El conde blanco. Gracias a él, las chicas podían seguir fumando, consumiendo, yéndose de la realidad, descontando su tiempo y abaratándole costos a la vida. El tipo todavía andaba en la calle, pero trabajaba en una oficina municipal de Valparaíso, donde llegó porque era de derecha y un camarada de derecha se acordó de que existía y le tendió la mano, porque los de derecha son solidarios el uno con el otro; si no, la vieja Lucía Hiriart de Pinochet no estaría tan olorosa a los 98 años. El oriundo de Huara seguía de blanco. Continuaba enfermo del mate, aunque la hermandad de San Escrivá lo hubiese salvado de pasar un rato bajo las rejas.

A Pedro le molestaba que el director no diera cabida a sus iniciativas. Sólo por fastidiarlo, le propuso varios temas externos de la línea editorial; ya se imaginaba afuera del diario, apostando por su éxito en la literatura como un símil de Chaqueta y diciéndole al director que él gozaba de la razón. Simple: el director quería tetas y Pedro, el bueno, el cultural, quería darle más cabida a un grupo de artistas marginales, la prole que sólo vivía de migajas pero que, a su juicio, eran consecuentes porque no recibían dinero de las mineras. Los artistas eran unos pobres huevones y simplemente no vendían, según el director, según el mercado, según los lectores del diario. Las tetas eran mejores. De manera inconsciente —de otra forma, imposible—, Pedro buscaba la estampita de Escrivá de Balaguer ubicada en la oficina, la confraternidad Opus. Los directores habían sido paridos de esa misma vagina.

Pedro se sentía incómodo en la redacción —no por el hedor a caca— y lo comprendo: le molestaba que algunos sapos siguieran su vida con dedicación, en especial cuando comenzó a relacionarse de manera distinta con Sol.

Pedro comenzaba a creer en lo eterno: en la posibilidad de la creación y de la gracia, y no en las miserias. Comenzaba a creer en los progresos de su propia biografía y no en los infinitos detalles del mundo exterior, pero era algo transitorio: Mirko dominaba en ese momento.

Mirko percibió al director como su enemigo y decidió fondearlo al igual que al director de orquesta, con una antesala de torturas sicológicas de por medio, como que el director oliera su propia feca.

A Mirko también le enfurecía el editor de Sol, otro canalla, misógino y aprendiz de Pinochet quien alguna vez dijo que Dios lo había puesto en ese lugar. Un lamebotas. Disfrutaba desesperando a las periodistas, especialmente a las chicas sin experiencia, las de práctica. Las pobres terminaban llorando, decepcionadas de la profesión por un par de crónicas mal redactadas y mal jerarquizadas, que se transformaban en un dolor de cabeza para el fundido editor. Quizás su mujer lo había cambiado por otro. Su mujer, para ser preciso, se aburrió de aguantarle su mal carácter y su hedor a poto, tras pasar más de doce horas sentado en una silla.

Quiso golpearlo cuando trató mal a Sol. Ella lo detuvo. El problema pasó al sindicato y se deshizo en la gerencia, como suele suceder. Con Sol amainaron los arranques de furia. No lo sabía, pero necesitaba urgente de su influencia, de su suavidad, de las pequeñeces del amor, como cuando ella le preparaba una piscola mientras él cocinaba.

Con Sol, Mirko volvió a la música.

Pasó del diario a la orquesta y de la orquesta a dealer. Los trozos del editor se los comieron los cerdos, gallinas y perros que alimentaba un tal don Luis, en el basural de La Chimba, quien le debía un favor a Mirko.

Me sorprenden las relaciones jefe-subordinados. Tal vez sea ingenuo. Por esto de las relaciones jefe-subordinados, nunca he sabido de pagas y horas extras, nunca le he trabajado un día a nadie, ni tengo intenciones de hacerlo. Aquí los macheteros son quienes mendigan, en su mayoría jóvenes trashumantes que parten como punks antisistema y luego, en casos puntuales, se los consume el alcohol. No generalizo —eso lo aprendí de Sol—. Se les da plata más por temor que por compasión. Temen que el machetero les pueda poner el cuchillo en el cuello.

El temor al robo mueve el país. Ya no es la voz cavernaria de Pinochet diciendo los tengo a todos identificados, sino que el terror mediático hacia las poblaciones que se expandieron como enredaderas por la periferia, gracias a los subsidios callampas con casas para tres, pero donde viven ocho y donde los vivos se hacen narcos para ponerse arriba del sistema, como pequeñas deidades que caen de cuando en cuando y aparecen otros a relevar el turno divino. De pronto los vecinos de las comunas vip se amurallaron en condominios y se tapizaron con cableados eléctricos como árboles de la Navidad. La delincuencia, la que surgió por las desigualdades y carencias, les llegó a su garganta por la televisión como un cuchillo amenazante y luego se hizo presente afuera del portón de la casa, diciendo: te voy a matar rechuchetumare si no me pasai las huevadas, me entendí, me entendí... Y algunos, los de siempre, vieron la posibilidad del negocio. Milicos jubilados armaron sus empresas de seguridad gracias a la delincuencia.

Los vecinos se inventaron adjetivos: molestos, aburridos y armados; especialmente vecinos encerrados en su territorio y armados contra la delincuencia. El lenguaje de los vecinos comenzó a encadenarse con los noticieros de televisión. Los periodistas vieron en esos vecinos una fuente de noticias. Tan desbordado está el país con la delincuencia que se retrocedió hasta las detenciones ciudadanas. En esto estábamos, cuando aparecí YO.

En los trabajos de este lado del mundo se asume el rol de abusador o de abusado. En los trabajos el jefe manda con arrogancia y despotismo. Altera su personalidad, tratando de imitar a algún mandamás de fuste. Por estos lados, el ejemplo más utilizado es el del dictador. Pinochet, quien decía aquí no se mueve una hoja sin que yo lo sepa, es el ejemplo. El orden militar es el ejemplo. El país funciona mejor como tropa, señores. Castigo a quien la caga. Castigo. No es raro que así sea pues somos un país heredado de un dictador, un país tejido por un milico abusador. Los futbolistas juegan mejor cuando alguien les mete miedo o les dice que perderán su puesto en el equipo. Ahí recién aparecen. Bielsa, el meticuloso, le metía cuco a la roja. El buzo de Bielsa, en el fondo, era el traje de Stalin. Jugar o morir. Y los jugadores rindieron.

El resto —los empleados— obedecen por miedo a quedar cesantes. Son pobres. Pobres trabajadores endeudados. Gente triste a quien le inventan necesidades y por eso gasta lo que no tiene.

Con ese miedo juega el jefe. Es un tipo sin misericordia. Te puede aplastar como una cucaracha, a pesar de que sea asiduo a la misa dominical. Él escucha lo que quiere escuchar y ve lo que desea ver. Te podrá decir que sólo Dios tiene misericordia. Buena excusa. Su tesis es que el miedo hace funcionar a los trabajadores o que el miedo —o la obsesión de tener un sueldo seguro— mueve a la industria, al país. Definitivamente, para él los trabajadores son unos cobardes.

Las oficinas son como hipódromos. Parte la carrera. Patadas y combos al principio. El deleite de ver cómo se cae un caballo. El deleite de ver cómo el caballo aplasta a un jinete. El asunto es sobrevivir a la carrera, de eso se trata: de ganar como sea. Si se puede haciendo trampa, mejor.

Tú sabes de trampas, Sol, a pesar que ahora estés emprendiendo tu pequeña empresa de servicios para la minería en caso que se produzcan los despidos de los que tanto hablan por la baja del cobre. Pronto tendrás que transar tus ideales, si te quedan, y transformarte en una empresaria. Recuerdo los almuerzos con esa amiga tuya, la socióloga cotorra que trabajaba en la minera en el área de comunidades y que al final renunció con un finiquito millonario. Ambas escuchaban una radio mexicana zapatista que captaron en internet, en medio de la plácida resaca de un pito de marihuana. Después del silencio, el tuyo tan necesario, la socióloga hablaba sobre esos caciques porfiados de los pueblos andinos que no querían participar de los muchos beneficios que entregaban las mineras, beneficios que eran irresistibles.

—¿Cómo sacamos a esos hueones? No aceptan nada y están empecinados con sus tonteras —dijo.

La conversación se detuvo, mientras Sol preparaba otro pito y yo observaba.

—Debe haber un agitador comunista detrás, el barbón ese —afirmó.

Silencio. La exhalación del último pito y luego la cerveza humedeciendo la boca.

La socióloga se preguntaba cómo mejorar la imagen de la empresa en la comunidad. Si al final lo único que quería la comunidad era sacarle plata porque la minera, la trasnacional, se llevaba las riquezas a Australia. Entonces debía dejar la plata acá. La minera dejaba cultura, más bien limpiaba su imagen a través de la cultura y, en consecuencia, la ciudad crecía en cultura y los artistas se transformaban en productoras de eventos. Eso: emprendimiento cultural políticamente correcto, nada de críticas a las empresas.

A los artistas no les gustaban las críticas. Una vez Pedro los trató de artistas burgueses en una columna y una furiosa actriz de teatro, que presentaba una obra ecológica auspiciada por una minera, le sonsacó el pasado de periodista de farándula en el diario. Luego vinieron las alusiones personales por las redes sociales, donde Pedro quedó muy mal parado, pues los artistas de la minería se protegían entre ellos. Lo peor que le dijeron fue gordito de lentes que vestía con camisas azumagadas y que se creía artista. O sea, escritor.

Pedro optó por dar el episodio como finalizado sin dejar de ver, en el horizonte azul despejado de la ciudad, esa mancha que crecía salpicada en el alma de los mineros. La actriz en cuestión se vanaglorió de su obra en distintas publicaciones de la ciudad y enfatizó que fuese la primera obra de teatro ecológica del norte grande —ese nombre grandilocuente que inventó el poeta Sabella para denominar al páramo más seco y soleado del mundo—, mientras la minera que la auspiciaba trataba de arreglar un funesto derrame químico cerca de Santiago. No había más que hacer: el emprendimiento y la educación de los niños eran para la actriz sus principales argumentos; la producción y la imagen eran los preceptos con que la minera apoyaba a la actriz en su acto en el puerto industrial.

Al final, justificaron los despidos de Mirko y Sol del diario como necesidades de la empresa. Lo habitual.

Puede que Mirko tuviera malas experiencias laborales, no obstante, es la única realidad que conoció. Podría esgrimir falta de talento, pero aquello depende de cómo se mire.

En general, me provoca simpatía que los subordinados siempre se hagan las víctimas, cuando podrían tomar el toro por las astas. Simplemente boicotear.

Matar al jefe no debe resultar fácil, pero es una manera de ajusticiar y de quedar tranquilo, relajado por dentro, pacificado. El cadáver de su canalla jefe puede fondearlo en el mar junto a una piedra de varios kilos, práctica común en la era maldita de Pinochet, quien dijo que los detenidos tenían pantalones amarrados con fierros. Luego vendrán los cangrejos carroñeros, quienes desarrollarán con tranquilidad su trabajo.

De todos modos, faltó aprovechar mejor el contexto, el maldito contexto de la dictadura, para deshacerse de algunos canallas abusadores, como todos los jefes que Mirko tuvo en su vida.

En un momento breve de su existencia, Mirko vendió medicamentos. Negoció con los médicos de la ciudad, tipos que se creían dueños del mundo, de la ciencia, de los cuerpos, pequeños dioses al fin y al cabo, como los narcos.

Algunos les exigieron viajes por recomendar tales medicamentos a sus pacientes. Los recién egresados, viajes al Caribe, y los más antiguos, viajes a Egipto o Indonesia. Cualquier lugar era mejor que la ciudad, decían los médicos, pero ellos vivían en un barrio de casas desmesuradas, bien guardados, en medio de bosques artificiales y con una playa exclusiva bajo su barrio, en el paño verde cerrado que se conocía como Autoclub. Armaron un pequeño Caribe en el páramo, con una cancha de golf, aunque lo único que tenía parecido al Caribe fuesen el sol y la humedad.

La ciudad era ideal para que los médicos ganaran dinero pues, por efecto de la contaminación inducida por la minería, la tasa de cáncer era más alta con respecto a otras ciudades de Chile.

Cuando vendió medicamentos, Mirko se mimetizó con los hombres que hacían trámites en los bancos o aquellos que ensimismados atravesaban varias veces por la Plaza Colón, en el centro de la ciudad. Su apariencia era la de un oficinista con traje de mala calidad. Oficinista de cuarta estofa. Oficinista con resaca. Lo olían. Olía a ácido, una mezcla de pisco con ginger ale y costras de cocaína bajando y subiendo en el líquido amargo de las fosas nasales. Los lentes de sol tapaban las ojeras. No le alcanzaba para un Yves Saint Laurent o si tenía uno, comprado en la ropa americana, lo utilizaba toda la semana y parecía gastado como tela de cebolla. Portaba un maletín grande, pasado de moda, donde llevaba las pastillas, jarabes y otras drogas como cocaína, además de una colección de bisturís, regalo de los médicos por los viajes.

Los bisturís, al final, le sirvieron a Mirko para trozar en cuadraditos, como terrones de azúcar, al dictador de turno.

¿ Hasta qué punto el sistema nos acorraló como borregos y no nos dejó sostener nuestras vidas? Leo esa pregunta en el computador del publicista, el computador prestado donde veo cómo, al minuto 40 del primer tiempo, el mono Burgos le da un leve toquecito al Huevo Valencia en el área de River Plate y éste cae. El hijo de puta del árbitro no cobra el penal claro, el penal evidente, el penal de la vida, aunque luego la pelota rebota en el área y se lo pierda el Matador Salas, solo.

Queda media hora para que termine el partido y la granada siguen envuelta como la colación de un escolar.

El computador del publicista no tiene pelos entre medio de las teclas, a diferencia del que tenía Pedro la noche en que Sol lo sorprendió con la poetisa. Todo está limpio. La pulcritud siempre me ha generado sospechas. Pienso de inmediato en las nucas depiladas de los milicos. Regresan las imágenes de los desfiles que Mirko presenció cuando niño, bajo el pretexto de que a los niños les gustaba ver milicos desfilando. No había más entretención los fines de semana que ir a los desfiles de los milicos. Años '70. Yo en brazos de mi madre viendo pasar el desfile de milicos, los mismos milicos que habían hecho desaparecer al papá de un amigo y por los cuales mi padre estuvo a punto de desaparecer. Qué mierda. No entiendo a mi madre.

Yo quemando diminutos milicos de plástico en la tierra del patio de mi casa.

Por suerte nunca vistieron de marinero a Mirko.

No entiendo por qué la madre lo llevó a esos desfiles. Una vez le respondió con el pretexto de que todos los chicos iban a los desfiles a comer algodones de dulce.

El publicista enciende el calentador para preparar café y exhibe una fugaz intención de ofrecerme café, pero descarta la idea de inmediato: no tiene por qué ofrecerle café a ese huevón pesado, a ese huevón que se cree escritor, a ese huevón que se cree pensante, a ese huevón que no asume nada porque su prioridad es criticar, a ese huevón inmaduro —según Sol—, a ese huevón amargado, a ese huevón de izquierda, medio marxista trasnochado, pero burgués al final, que tarde o temprano se transformará en un cornudo porque su mujer, la exquisita Sol, en el último tiempo conversa más con él sobre películas de cine que baja de internet, que todo lo que habla con el esbozo de escritor que, siempre según él, pretendió ser. «Total, todo cabe en un afiche», piensa y sonríe el publicista, mientras finalmente me ofrece el café.

—¿Te sirves? —dice.

—¿Cuándo crees que el sistema nos acorraló cómo borregos? —pregunto al publicista, sin despegar la vista del computador. No veo su rostro. Sol debe haber pensado lo siguiente: Mirko está celoso, por eso pregunta estupideces fuera de contexto.

El publicista queda en silencio. Por su cabeza pasan burócratas caminando con caras grises durante la mañana hacia la oficina, que es como caminar hacia la muerte considerando, incluso, que muchos de ellos lo saben, pero siguen ahí esperando que no cambie el gobierno, para que no quede en evidencia la corrupción. Luego arriban los esclavos a su cabeza. Esclavos construyendo las pirámides, la muralla china y el ferrocarril Arica-La Paz. Esclavos por todas partes. Esclavos chinos, malayos, africanos y sudacas. Esclavos en barcos encerrados en cubículos minúsculos, estrechos, meados y cagados, viniendo a la conquista el nuevo mundo. Qué sería de este mundo sin los esclavos, piensa.

—No me siento un borrego —responde el publicista. Sol hace como que no escucha, pero se dice: y este otro hueón prendió. Sin embargo, habla cuando el publicista le da a elegir entre dos películas.

—La de Gondry —prefiere Sol. Gondry le significa escapar de la realidad. Gondry es el arte minúsculo de un disco o una película que, de manera inconsciente o consciente, la ayuda a sobrellevar toda lo que carga a cuestas. Después de a Mirko, ella dedicada parte del día a escuchar discos de rock y ver cine para olvidarse de la realidad.

Mirko supo de la muerte de Rodríguez, el escritor, a través de un llamado telefónico. Al parecer no hay otro método más limpio para comunicar una muerte. Quien llama se ahorra la expresión de quien recibe. Se ahorra, por ejemplo, el llanto y los mocos y el abrazo de manual de ese momento. Quien recibe se aprieta donde comienza la nariz por unos segundos y piensa en la persona que se fue, la última imagen, el último encuentro. Y luego de lo que puede ser una simulación de congoja, llega el olvido hasta que otro, alguien que conoció a ambos, haga el ejercicio de recordar. Siempre por una anécdota divertida o por un acto criminal.

Mirko repasó historias en común con Rodríguez. Recordó el último encuentro en una panadería de la calle Obispo Labbé, en Iquique. Estuvieron por unos minutos en la fila, esperando el pan. Rodríguez le preguntó sobre un amigo en común, Miranda, un músico que se había ido a Santiago a probar suerte. Mirko le contestó que el músico estaba de regreso. Que no le había ido bien en Santiago, que no había tenido suerte en la capital porque había personas iguales o mejores que él y, en consecuencia, había regresado pues ahí lo conocían y valoraban su trabajo.

Rodríguez vendía fotocopias de sus poemas. Vendía fotocopias de sus cuentos. Le iba regular con su negocio. Le iba mejor con la ropa usada que compraba por fardos. Sólo le alcanzaba para alimentarse y pagar las cuentas. De ahí que no le alcanzara el dinero para cancelarse una atención médica de calidad, después que se enfermó. La atención pública jamás fue oportuna. Nunca. En el hospital le inyectaron un calmante y lo regresaron a casa. Pensaron que era diarrea. Otro pobre con diarrea.

No reconocieron en ese hombre enfermo, mal afeitado, al gran escritor de Iquique.

—Un escritor no tiene derecho a nada, ni a salud, ni a sueldo, quizás a la felicidad, porque simplemente es escritor, porque no hay universidad que imparta la carrera de escritor —dijo una vez en una entrevista.

Una profusa emanación de sangre por efecto de un cuchillo en el pecho o por un balazo siempre tiene prioridad en los hospitales públicos. Horas después de la atención, Rodríguez se puso amarillo como cáscara de plátano. Falleció de hepatitis, según el rumor. Muy difusamente se habló de envenenamiento y de sida.

El escritor siempre despierta envidia, decía Rodríguez, y recordaba una vieja columna de Joaquín Edwards Bello. Culpaba a un grupo de académicos de la envidia. Según Rodríguez, los académicos no tenían talento para escribir, a pesar de que todos los semestres publicaran libros financiados por la misma universidad o por las mineras. Esos libros, a veces mal redactados, los entregaban la universidad o las mineras como obsequios. Según los académicos, Rodríguez era un voluntarioso escritor provinciano pues, para dejar de serlo, según los académicos, había que publicar en una editorial trasnacional. De lo contrario seguiría igual, expuesto a los males que afectan a los escritores provincianos: envidias, rencores y, el peor de todos, hambre.

Publicadas quedaron dos novelas y varios libros de cuentos. «Espejos de Ámsterdam» se llamó su libro de cuentos más conocido, pues lo publicó en una editorial multinacional; el resto fue publicado por una editorial que el mismo inventó, llamada Oveja Eléctrica. En la contraportada de «Espejos de Ámsterdam» cabía su foto en blanco y negro. La mirada era soberbia, como la de cualquier escritor que ha esperado tanto tiempo para publicar en una editorial de renombre. Ahí estaba

Rodríguez fabricando envida, cargando sus casi 40 años, donde sobresalía su paso por Holanda, autoexiliado.

Quizás los académicos lo invitaron a comer y por eso se enfermó. Sí, pudieron intoxicarlo por envidia. Rodríguez nunca había entrado a una universidad, o sea, se había formado en la calle.

Rodríguez tenía 11 años para el golpe de Estado de 1973. No terminó la secundaria, pero eso no fue obstáculo para que se interesara por leer. En 1980, limpiaba autos en el centro de Iquique. En ese tiempo Rodríguez ya soñaba con transformarse en escritor.

Rodríguez era tartamudo, pero eso no lo limitaba ni menos lo entristecía. Rodríguez le sacaba provecho. Era ocurrente y metiche. Sabía lo que pasaba en el barrio. Sabía que el cura Guerrero, el cura del barrio El Morro, de Iquique, tenía un hijo y continuaba haciendo misa. Sabía contar bien los chismes. Hacía reír el esfuerzo que ocupaba en sacar las palabras, aunque a veces le costara demasiado por la tartamudez. Le venía un ahogo, pero luego salía a flote. A Mirko le resultaba chistoso verlo y escucharlo.

Un día se lo llevaron detenido por limpiar autos sin permiso. Los pacos, que en esos días pegaban porque los mirabas, se ensañaron con el tartamudo. Rodríguez los insultaba en su peculiar forma de hablar y eso generaba burlas de los pacos, patadas y combos. Estuvo dos días recuperándose de los puñetes en el hospital. Salió y regresó a la calle.

El tío de Rodríguez, Osvaldo, quien había trabajado como periodista en un diario de Iquique en la época de Allende, vivía en Holanda, exiliado. Había sido torturado en el campo de prisioneros de Pisagua. A sabiendas de la posibilidad de irse a Europa, Rodríguez le contó en una carta a su tío lo de la golpiza. Rodríguez ya se había hecho asesorar por abogados de derechos humanos.

Su tío le dijo que se fuera un tiempo a Holanda y le envió dinero.

El tartamudo partió.

La personalidad de Rodríguez le favoreció en Holanda. Consiguió trabajo y, el tiempo restante, lo dedicó a la lectura. La casa de Osvaldo, en Amsterdam, se había transformado en un refugio de personas de distintas nacionalidades. Había un refugiado ruso que odiaba a los comunistas, pero convivía con los chilenos comunistas. Rodríguez la pasaba bien en ese follón. Se sentía cómodo tartamudeando idiomas. Se hizo amigo del ruso. Rodríguez no era un comunista, sino más bien un oportunista. Luego viajaron con el ruso por distintas ciudades de Europa.

Al regresar a Holanda, la policía lo detuvo. Rodríguez se había transformado en un ilegal.

Su autoexilio oficial se consolidó de esta manera: tío Osvaldo llamó a don José, un viejo compañero de liceo en Iquique, quien por razones económicas había devenido en pinochetista. Ser pinochetista en Iquique era igual a ser amigo de los influyentes y acumular riquezas con total impunidad. Don José, quien blanqueó dinero del narcotráfico en una lavandería, era presidente de la cámara de comercio. Aparecía de manera frecuente dando opiniones en el diario y eso lo hacía ser importante en el mundillo del comercio local, que sólo exigía ser simpatizante de la obra del general. Pinochet le dio a Iquique la Zona Franca que sirvió a varios para lavar dinero.

El plan le resultó a tío Osvaldo. El pinochetista envió una carta al director del diario La Estrella de Iquique, donde hablaba pestes de Rodríguez. Por ningún motivo ese comunista debía regresar a Chile, pues era un agitador social, un peligro público y otras sandeces.

Esa publicación fue presentada por el tío de Rodríguez en Holanda y con ello se ganó la estadía de su sobrino en el país europeo, además de un sueldo por no hacer nada. Como consecuencia del ocio, Rodríguez transformó la lectura en escritura. Para que entienda su estilo: los académicos — algunos pasaron por la casa de Osvaldo, cuando estudiaron en la Universidad Libre de Amsterdam— calificaron su literatura como realismo mágico de segundo orden. Lo de segundo orden estaba de más. Realismo mágico donde Iquique era Macondo y pasaban una serie de situaciones con personajes urbanos entre sobrenaturales y reales. Cosas como que a un vagabundo se le aparecía una novia fantasma. Cosas como la historia del cura excomulgado que siguió haciendo misas en un patio detrás de la capilla, con gran éxito. Cosas como un viejo del saco que en realidad era millonario. Cosas de ese tono.

Rodríguez regresó a Iquique con una holandesa tetona que robaba miradas cuando caminaba. Era cuestión de tiempo que le robaran a la holandesa. Lo mismo le pasó después, con una cubana.

Pudieron ser los garbanzos del día anterior. Pudieron ser los celos enfermizos. Pudieron ser varias las razones que llevaron a Rodríguez a la eternidad.

La vida que les dio en Iquique a ambas mujeres no era como ellas imaginaron al subirse al avión hacia Chile. La comodidad en la casa de Rodríguez era escasa y el aseo no era prioridad. Vivía con tres hermanos. Dos cesantes y el otro, un pescador medio alcohólico. Los hermanos también ojeaban a las minas y no aportaban un peso para la olla, salvo cuando pescaban y la casa exudaba un fétido olor a pescado. Rodríguez terminaba peleado con todos, pero luego se tranquilizaba. Él era el orgullo de sus hermanos y éstos lo cuidaban cuando Rodríguez se emborrachaba por varios días.

Mirko lo conoció en Iquique, en la redacción del diario El Victoria, en 1998. A Mirko le tocó cubrir el lanzamiento de «Espejos de Amsterdam» en Iquique, en una coqueta librería de la calle Gorostiaga, con libreros de pino oregón extraídos de alguna vieja salitrera y con la presencia de Chaqueta, quien había viajado especialmente de la ciudad para presentar el libro de su colega. En ese tiempo, antes de que fuera best seller, Chaqueta era un escritor humilde. Todavía no se le apagaba el voluntarismo provinciano.

Mirko hizo una crónica condescendiente. Demasiado. El escritor quedó contento y le regaló un libro donde firmó: para un periodista talentoso, con cariño. Fue bueno eso de pe-rio-dis-ta-ta-len-to-so. Mirko se atrevió a mostrarle unos cuentos, en busca de orientación literaria. Rodríguez los destrozó. Definitivamente malos. Pésimos. Había que golpear en la primera línea, atrapar de inmediato. Le aconsejó leer a Guy de Maupassant.

Pedro envidió a Rodríguez desde el primer momento en que lo vio feliz con su libro bajo el brazo, la noche del lanzamiento. Cómo le habría gustado estar en el pellejo de Rodríguez y al lado de Chaqueta, o justo en el medio de la foto, como el eslabón perdido. Sin quererlo, Mirko comenzaba a ser Pedro, el aspiracional de las letras o el apurón de las letras. Nunca superó que Rodríguez le destrozara sus cuentos o que ni siquiera se fijara en su potencial. Nada.

Tal vez Pedro envenenó a Rodríguez, para quedarse con su ta-len-to.

Tal vez Rodríguez comió caca. Nunca se sabrá. Lo claro es que Rodríguez se eternizó con sólo ser Rodríguez.

Las relaciones sociales siempre fueron mezquinas para Mirko. No calzaba en este mundo de apariencias y poses, pero debió adecuarse por necesidad —aunque sin resultados del todo positivos— y, como tantos otros, derivó en esas caminatas de cabeza gacha hacia ninguna parte, muchas veces dando vueltas entre la plaza y la avenida, y así sucesivamente, en un círculo, hasta que alguien, algún conocido, lo saludara y ahí, sosegado, pudiera entablar una conversación breve. Nunca más de cinco minutos, por alguna razón que nunca comprendió del todo, pero que tenía asidero en su ansiedad.

En la práctica, para quienes estén interesados en ascender dentro de la escala social y ganar dinero, la regla es la habilidad para la condescendencia con la gente apropiada en el momento indicado.

Sol impostaba el tono de voz cuando hablaba con alguien importante para su trabajo. Por esto había ascendido en la escala social de la ciudad. Las personas le decían que a Sol le había ido bien y le sonreían. Ella disfrutaba de eso. Le gustaba, además, que la llamaran del trabajo a su iPhone —Mirko le decía que desconfiaba de la gente que usaba iPhone—. Le gustaba que le pidieran favores. Le gustaba rodearse de artistas que querían sacarle dinero a la minera con proyectos y ella estar ahí, en el medio, gestionando. Podía sentirse, por un lapso mínimo, en el pellejo del presidente de la minera cuando, en actividades sociales —como la cena anual de la minería—, era rodeado por pedigüeños para solicitarle dinero que podría chorrear para sus variopintas iniciativas.

Hasta que alguien, de manera capciosa, le dijo: eres tan distinta a tu pareja.

Para Pedro todos eran iguales y era ahí donde radicaba su problema. O peor: mantenía un torpe halo de superioridad porque él no se sentía igual al resto, porque él había leído ciertos libros que no todos tenían.

A Pedro le apestaba el mundo de Sol, el cinismo de los actos sociales. Un buen apretón de mano, una sonrisa (siempre hay que estar de humor) o un abrazo (no tan apretado, que no se confunda) resultaban en el mundo de Sol. Siempre buen vestuario, importaba la forma. Había intocables. El manual de lo políticamente correcto decía que era prudente tratar a quienes poseían la billetera más gorda.

¿Cómo captar el interés de Sol, a estas alturas?

Mirko piensa en esto mientras Sol y el publicista revisan los colores institucionales de la empresa y beben un café de mala calidad. El partido está detenido en el Monumental de River Plate. Víctor Hugo Castañeda permanece en el suelo, dolorido, mientras lo miran con los brazos cruzados los jugadores de River Plate. En la tribuna, Mirko forcejea con otro hincha de la U.

En los primeros días como vendedor de medicamentos, Mirko experimentó súbitas diarreas. Imaginó un cáncer. El cáncer era recurrente en sus pensamientos después de lo que ocurrió con su abuelo. A los 10 años, Mirko había sumado a su lenguaje palabras como: quimioterapia, morfina y metástasis. El suero metido en la vena astillada y la bolsa con el líquido sobre un fierro marcaban, a cada gota, que el tiempo se le esfumaba a su abuelo. Los ojos del niño Mirko buscaban la bolsa de suero como una evasión porque el resto era el perfecto cuadro de la desgracia que se complementaba con la decoración de iglesia y los medicamentos en fila y sus respectivas indicaciones, un tira y afloja entre lo que quedaba de vida y la muerte. Su abuelo, a quien quería como su padre, se apagó en seis meses por efecto de un cáncer al estómago.

Ante cualquier dolor, Mirko siempre se imaginaba como su abuelo recostado en la cama, con la piel estirada entre los huesos hambrientos, como una frágil tela al borde del colapso.

Mirko dejaba de hacer cualquier cosa por ir a defecar al baño. Le tocaron baños asquerosos, ruines y rayados con frases xenófobas contra los colombianos. Los baños eran el perfecto registro de la incultura y lo peor, del egoísmo: a nadie le importaba quién viniera después. Cuando ocupaba un baño público —prefería los del mall pues lo limpiaban con mayor frecuencia, aunque había que caminar bastante para llegar y hacer fuerzas para no escurrir—, el problema era no tener al lado una ducha para lavarse. Las hemorroides ardían como un ají metido en el culo. Otro padecimiento se lo provocaba el haber bebido la noche anterior. Bebía habitualmente: dos veces por semana. A veces elevaba el promedio. Así, defecar la mezcolanza caliente era igual a rajarse el culo.

Un médico le había regalado una crema que le calmaba el dolor por las hemorroides. Mirko mantenía cierta cercanía con el doctor Rojas, proctólogo. Se habían conocido hacía dos años en un brindis, tras un concierto de la orquesta en honor a los médicos. Después, cuando Mirko ya era vendedor, Rojas fue uno de los primeros médicos en consultarle si le podía comprar cocaína. El miedo hacia el desconocido mundo de los microtraficantes le impedía al doctor buscar la droga a alguna población, pero la necesitaba. No importaba que fuera más cara, con tal de que le trajera coca de calidad. El doctor vio algo en Mirko que lo hizo confiar.

Si resultaba con Mirko, otros doctores se sumarían. Y resultó: Mirko se transformó en el dealer de un grupo de médicos. Mirko nunca se tragó lo de dealer, pero para los médicos lo era. No lo saludaban en actividades públicas ni en los pasillos de la clínica. Sólo en sus despachos. Mirko nunca se sintió un dealer, más bien hacía de conexión. Igual cobraba más de la cuenta o sacaba un resto de cocaína para su consumo personal.

Rojas era de los médicos amigos de Mirko; había otros médicos derechamente canallas, tipos que en la cara te decían fracasado de mierda y que tu laboratorio era cagón pues no obsequiaba pasajes al Caribe. Pero no hablaremos de ellos, sino de los médicos cocainómanos.

La misión de Mirko era contar la historia de las bondades de unas grageas tranquilizantes. Con el tiempo, se acostumbró a su trabajo y su estómago, más bien su colon, se calmó, aunque no del todo. Por último, comía menos.

Un par de médicos comenzaron a llamarlo Harry Potter. Otros, en cambio, le identificaban como el vendedor del laboratorio cagón. Su laboratorio todavía era muy pequeño. Harry Potter sacaba los papelillos del interior del maletín, junto a una mal cortada lapicera Bic transparente. Era para comprobar la calidad, decía Mirko. Los médicos siempre se entusiasmaban. Los médicos preferían una cocaína conocida como ala de mosca, pues brillaba como tal, en vez de la opaca, que era más ácida para las narices.

Mirko prefería esnifar cuando bebía alcohol. Lo hacía para recobrar lucidez, pero quedaba demasiado acelerado. Muchas veces terminaba en lugares que nunca alcanzaría estando cuerdo, como un prostíbulo. La mandanga definitivamente le sacaba al perro sediento por aparearse con lo que fuera. Después venía el martillo de la culpa. El machaqueo se aceleraba con el arribo de Sol.

Ignoraba qué hacían los médicos con la droga. Una vez alguno le dijo que se aburría sin su coca y otro que no podía operar sin estar duro.

Sabía que le podía salir el tiro por la culata si uno de sus clientes se sentía engañado. Por el riesgo, vendía calidad, pero al doble del precio. A su proveedor, el taxista de apellido Núñez, le parecía extraño que Mirko les repartiera a esos médicos.

—Estos tipos te joden y te joden no más, y anda a reclamar al Papa— le repetía a Mirko, en el momento en que le daba de la mejor.

—Son hueones seguros, convéncete —respondía escueto Mirko, aunque también desconfiaba de los médicos y de Núñez.

Los pacientes de los médicos cocainómanos lo miraban con odio cuando salía de las consultas.

El doctor Rojas murió por una sobredosis de cocaína, pero ni sus amigos ni familia quisieron reconocerlo.

TRES

Cuando era niño, Mirko sentía una maniaca curiosidad por lo que hablaba el resto. Un mal hábito — era el reproche—, aunque en ese tiempo siempre había algo interesante por rescatar, más aún con lo chismoso de sus familiares. La familia asistía a una iglesia evangélica y después del culto, cuando se reunían a tomar el té en la casa de la abuela, hablaban sobre los problemas de sus hermanos de la iglesia, o hermanos de la fe, y condenaban sus actos. Podía decirse que en esa mesa, donde había té, pan y palta que se iba poniendo oscura a medida que pasaba el tiempo hasta terminar negra, se cocinaba el destino celestial de varios. Los hermanos vertían sus problemas a través de los rezos y era entonces cuando el resto del rebaño religioso podía enterarse de lo que les afligía.

La fe evangélica llegó a través de la abuela, quien asistió una vez a la iglesia metodista de la ciudad. El shock eléctrico de la fe se expandió luego por el resto de la familia. Tras la muerte del abuelo, quien era un metodista moderado, la fe se radicalizó a través del tío Rubén, quien se transformó en pastor y formó su propia iglesia, la que ofrecía una línea directa con Dios a través de mensajes personalizados desde el cielo y profecías que a veces no se cumplían, como la de un terremoto para asustar a los pecadores. La iglesia fue un rotundo éxito económico y su ministerio de apóstol se expandió por otras ciudades como una cadena de comida rápida.

Un día se proclamó profeta y en adelante se sintió poderoso por su influencia sobre el resto y por la pequeña fortuna que comenzó a amasar, a través del diezmo o la donación de los hermanos a la causa. Fue entonces cuando el tío Rubén decidió invertir en una pequeña constructora.

Niño sapo.

Así lo denominaba su madre en lo que podía ser un insulto cuando lo sorprendía escuchando aquellas conversaciones entre grandes. A todos los curiosos su madre los llamaba sapos eso de sapo se hizo fatídicamente popular por la CNI de Pinochet; cualquier persona que te miraba más de la cuenta en los años '80 podía ser potencialmente un sapo y luego ese sapo te lanzaba a los perros de la CNI y luego de eso, la vida te cambiaba radicalmente, como le sucedió a un pariente de Mirko, el tío Freddy, quien después de la tortura y la prisión por imprimir panfletos contra el régimen milico se largó a fumar compulsivamente por 20 años y murió de un cáncer al pulmón cuando bordeaba los 55 años, en algo así como un suicidio programado pues no aceptaba la realidad del Chile actual, el Chile injusto —.

El niño, por forma, parecía más una lagartija que un sapo, pero aclaremos era un sapo ingenuo, un sapo del bando de los sapos buenos.

Los métodos de espionaje de Mirko iban desde la oreja adherida en la pared en posición de estetoscopio, hasta una añeja radio grabadora que perteneció a su abuelo, que al final descartó por aparatosa. Mirko, como buen hijo único, vivía sumergido en la egolatría y esperaba con cierta ansiedad que su familia le dedicara algunas palabras en esas conversaciones de análisis sobre de los hermanos de la iglesia, pero nunca aparecía en los diálogos.

Pronto su nombre apareció, cuando en Iquique se transformó en un pequeño crápula.

En sus afanes sapos, un día Mirko halló bajo un cúmulo de papeles, en un cajón del clóset, la correspondencia de su padre, enviada en los primeros años de su exilio en Argentina y luego en Francia. Eran cuatro cartas y un par de postales dedicadas a él. Abarcaban entre los años 1975 y 1978. Estaban bien cuidadas dentro de una caja de zapatos, a pesar de los años.

Más que buscar pistas sobre la separación de sus padres, Mirko parecía interesado en la manera de sacar la pequeña estampilla de un unicornio platinado adherida a uno de los sobres. Las cartas, si se leían desde la más antigua a la más nueva, iban en perfecta degradación de palabras afectuosas y no porque su padre quisiera, sino porque la madre de Mirko no le respondía.

Mirko escuchó en los diálogos de su familia que un tío, Raúl, quien era primo de su abuela, invocaba a unos doctores muertos y operaba. Decían que curaba enfermedades. La familia de Mirko veía esto con distancia pues lo que hacía este señor de cabello negro y fino como el carboncillo y cejas espejas y negras no estaba en la biblia y si estaba, la misma palabra de Dios, decía la abuela, condenaba esos actos ímprobos. A juicio del pastor Rubén, el tío Raúl calificaba en el pecado de la hechicería, uno de los peores, decía el pastor levantando la voz como si remeciera el techo, y quienes se hacían parte de sus sanaciones después debían transar con Dios su camino hacia la eternidad.

El tío Raúl había resuelto los problemas de salud de varios familiares y vecinos que confiaron en él y sus operaciones espiritistas. No cobraba, aunque no despreciaba una ayuda económica.

Una de las historias del tío Raúl impactó a Mirko. El Tío Raúl le contó que una vez, con sus dedos de imán, agarró un quiste desde el cerebro de una persona que llegó a verlo por fuertes dolores de cabeza y luego se lo extrajo por la oreja.

—¿Y cómo era el quiste? —preguntó Mirko.

—Una bola de grasa del tamaño de una muela —contestó el tío, que siempre terminaba las frases con una pequeña sonrisa ladeada.

El tío Raúl, que en su vida tuvo buenos y malos trabajos, siempre inestable en lo laboral pues no aceptaba patrones tiranos, llegaba a la casa de Mirko para reparar desperfectos de cañerías y llaves de agua. Era lo que llamaban un gásfiter, pero cuando trabajaba para la familia no cobraba. Había que atenderlo y en eso se esmeraban la madre y abuela.

Tomaban té. Comían pan con palta y aceitunas. Siempre hablaban de la infancia en Iquique de la abuela, pues el tío Raúl había nacido allá, y del libro «El caballo de Troya», de J.J. Benítez, que estaba de moda en ese tiempo. La abuela escuchaba. La abuela siempre escuchaba otras posiciones distintas a lo que ella creía, cuestión que luego comprendió Mirko, una vez que se declaró agnóstico. Sin embargo, era imposible convencerla: mientras más anciana, más quería reafirmar su camino hacia la vida eterna. Ni siquiera aceptaba la posibilidad de la vida extraterrestre, nada de eso. Todo lo que estaba en la biblia debía respetarse y hacerse como ley, pues primero estaba la ley divina y luego la ley de los hombres.

El tío afirmaba mantener contactos con ovnis.

Una vez, en esas tardes del tecito, el tío Raúl contó que un grupo al que pertenecía se contactó en el desierto con un ovni que chisporroteaba pequeñas esferas con luces de colores y lanzaba espectros voladores que parecían medusas transparentes. A la madre de Mirko le fascinaban estas historias, sin embargo, prefería que Mirko no las escuchara, para que no se confundiera con lo que aprendía en la iglesia. El tío Raúl hablaba de una experiencia maravillosa, que era comparable a estar en el cielo. A la madre de Mirko no le parecía bueno que éste escuchara esas cosas y lo mandaba a ver televisión, pero Mirko le bajaba el volumen, aunque exhibieran la carrera de autos locos de las «Olimpiadas de la risa» con Pierre Nodoyuna, y escuchaba. Irremediablemente, era sapo.

Con convicción, el tío le decía a la abuela que Dios existía, pero que era un extraterrestre y que los ovnis eran los ángeles que nos protegían. La abuela pensaba que el tío Raúl estaba chiflado, pero lo quería por su infancia en común. Quizás el tío había leído el libro «Los astronautas de Yavé», también de J.J. Benítez.

Para Mirko, las historias del tío Raúl eran las precisas para sorprender a sus compañeros de curso. Las historias relacionadas con extraterrestres le provocaban a Mirko escalofríos, pero lo mejor era la sensación de contarlas. Ahí se le erizaban los poros y a veces hasta se emocionaba al punto de que los ojos se le llenaban de lágrimas. Luego miraba al cielo con la esperanza de ver algo extraño, pero siempre se encontraba con el mismo cielo vomitado de estrellas.

Una vez el tío Raúl le dijo a Mirko que su abuelo —que había fallecido hace menos de un año— estaba preocupado por su futuro. El tío Raúl también le dijo que su abuelo le había comunicado que la religión de la familia no servía para nada y que la muerte era distinta a como aparecía en la biblia. La familia se negó, porque era como vender el alma al diablo, a que el abuelo de Mirko se sometiera a algún tipo de cura espiritista del tío Raúl. Tal vez habría vivido un poco más, pero el tío Raúl a veces aclaraba que no podía ir contra el karma y, en el caso del abuelo, éste iba en su sexta vida y acarreaba mugre de otras vidas. Seguro que el abuelo en el otro lado había hallado la razón de la existencia y de alguna manera lo trataba de comunicar a su nieto por intermedio de su tío, o también su tío era un charlatán de mierda con ciertas inquietudes pedófilas. Mirko creyó a medias en estos mensajes, pero de igual modo le quedó la duda para toda la vida. Nunca escuchó nada igual, a pesar de su época de periodista donde reporteó sobre ovnis y fantasmas.

¿Qué era el tío Raúl en realidad? Nunca lo supo, pero por alguna razón lo hizo sentir importante y eso le hizo bien para su ego. En un momento, en esa fantasía proto religiosa de ciencia de ficción de «Star Wars», Mirko se sintió el heredero de una dinastía Jedi. Él podría haber tenido el poder.

El tío Raúl murió pasado los 50 años, poco tiempo después de la muerte de su abuelo por efecto de un ataque cardiaco. El pastor Rubén dijo que Dios lo había castigado por perverso y, en consecuencia, se lo había llevado joven. Sus defensores decían que se lo llevaron los extraterrestres a Ganímedes y que allí debía estar, disfrutando.

En un momento la convicción del tío Raúl le significó varias noches de insomnio y miedo. Pensaba que el tío se le iba a aparecer como un fantasma para decirle alguna cosa. Mirko quería saber qué iba a suceder con él, en su futuro, y a veces pensaba que sería bueno reencontrarse con el tío Raúl.

¿Quizás tío Raúl fue un sapo de la CNI?

Verano, 1983. Mirko buscaba el momento —dentro de la habitación de su casa destinada a bodega— para perforar con un destornillador algún punto de la pared. Su vecina, desnuda, se duchaba del otro lado. Lo inquietaba esa mujer de rostro huesudo, nariz respingada y pelo negro que sobrepasaba su cintura y cuya edad era superior a los 30 años.

Su madre, en ese momento tejedora de escarpines para bebés, le advirtió que si miraba por algún orificio le ensartarían un palillo en el ojo. Era el castigo preciso para el sapo, según su madre.

Se dejaba llevar por el ruido de la ducha, siempre había que estar atento a ese sonido. Ni pensaba en quedar tuerto cuando dirigió un ojo a los muslos de su vecina. Era exquisita verla. Parecía un adolescente ansioso de sexo extraído de alguna película erótica italiana de los años '70, pero faltaba que la vecina lo descubriera y lo iniciara. Él mantendría los brazos adheridos al cuerpo mientras ella le hacía una felatio. No sentía el dolorcillo de la contorsión incómoda o el calambre de los brazos. A veces ni necesitaba frotarse para eyacular. El hombrecito había descubierto que en ese agujero estaba concentrado el mejor placer.

La mujer no era bella, pero estaba desnuda y eso bastaba. Fue una bendición el conducto, en tiempos donde ninguno de sus amigos disponía del privilegio de contemplar en vivo y en directo, como en la televisión, a una mujer duchándose desnuda. Cuando la vecina se agachaba en busca del jabón, Mirko alcanzaba el punto máximo. Era el clímax.

La madre lo sorprendió en el acto. Vino un mechoneo interminable por fisgón y depravado. En la calentura la madre le dijo que sentía vergüenza de haber parido a un futuro psicópata —en ese tiempo estaban de moda unos psicópatas que actuaban en Viña del Mar, los señores Sagredo y Topp Collins—.

Al otro día, uno de sus tíos, Claudio, el hermano menor de su madre, tapó el hoyo con una exagerada porción de cemento. Entre risas, lo amenazó con irse preso si la vecina lo sorprendía. El tono burlesco de su tío Claudio, un universitario de 23 años que luego se transformaría en el tesorero de la iglesia de su hermano Rubén y socio de la constructora, no asustó a Mirko.

La más puta impotencia sentía cuando escuchaba el escurrir del agua. Podría tratarse del marido o los hijos de la mujer, pero él siempre la imaginaba agachada como una araña, sobándose las carnecillas de su entrepierna con el jabón. Cerraba los ojos hasta lograr la deseada electricidad.

Un día no escuchó la ducha. Supuso que la familia se había ido de vacaciones o, lo peor, que se había mudado. Nunca más supo del destino de la vecina, aunque siguió viva en su cabeza por mucho tiempo, a través del sonido de la ducha.

Su nuevo vecino, de la misma edad, lo invitó a conocer su casa. Era similar a la suya, pero con ampliaciones. Había que cruzar el patio y un jardín seco para alcanzar la ducha. La caseta era estrecha y tenía unas intimidantes telas de araña que colgaban del techo. Mirko buscó el lugar por donde miraba.

El vecino se llamaba Lucas y era el menor de tres hermanos de una familia proveniente de Caracas, Venezuela. Regresaban del exilio. Ambos coincidieron en la escuela del barrio. Mirko tenía sensaciones encontradas al recordar a Lucas y su hermana mayor por dos años, María Consuelo.

Asumió, ya de adulto, que no había razón para arrepentirse. Se trató de un juego de niños, que en aquellos días se transformó en un hábito.

¿Qué diría su abuelo si lo viera lamiendo, junto a Lucas, las pequeñas tetas de María Consuelo? Por su abuelo decidió ponerle punto final, aunque los hermanos quisieran seguir e incluso por separado. Su abuelo, muerto, lo estaba mirando junto al tío Raúl. Eran Obi Wan y Yoda.

Mirko se sentía un culposo jedi.

La madre de Mirko era fan de Job y Víctor Jara. Tenía una biblia roja de tamaño pocket. La leía sólo en el culto del domingo, en la clase de los jóvenes. En 1985, la madre andaba por los 35 años y escuchaba, después de la una de la madrugada, las canciones de Víctor Jara por la Radio Moscú. Job está antes que Los Salmos, aclaraba la mamá. La Radio Moscú está antes que la Radio Minería, por la frecuencia AM del dial. El libro de Job es menos grueso que los Salmos, con menos páginas, pero más intenso. La Radio Moscú es más intensa que cualquier otra radio del dial. Lo de Job es un drama. Por el micrófono, Volodia Teitelbom hablaba del drama de Chile. El mejor drama de la Biblia era el de Job. El mejor drama de Latinoamérica era el de Chile. La madre hacía la comparación de Job con un tipo torturado por el régimen milico. En definitiva: un tipo que aguantó la tortura y murió con la frente en alto. Ese era Job, un consecuente, un pequeño Jesús y un Víctor Jara. En el sufrimiento está la trascendencia. Todo sea por la causa.

Bien, Job.

Todo sea por la causa. Punta y codo, Job.

Electrodos a Job.

Miseria a la familia de Job.

La apuesta de Dios fue Job y al final le ganó al diablo.

En Chile ganó el diablo.

El diablo no existe, mamá, tampoco el Viejo Pascuero. Son invenciones de los hombres, mamá. Son invenciones para simbolizar la maldad, mamá.

Mirko recuerda habérselo dicho con esas mismas palabras a su madre en 1986, cuando cursaba séptimo básico. Hasta su muerte, la mamá siguió creyendo en el diablo y, lo que es peor, en que el diablo utilizaba a su hijo o que era su instrumento —esa es la palabra exacta: instrumento—.

Desde 1990, cuando llegó la democracia y Radio Moscú se silenció, la mamá radicalizó su discurso evangélico y comenzó a demonizarlo todo. Por el contrario, Mirko en 1990 comenzó a escuchar música trash, bandas como Metallica, Exodus, Possessed o Slayer que para su madre eran inspiradas por el diablo. A Mirko se le llenaba el vacío con la expresión más brutal del rock.

Después de 1990, ni la mamá ni Mirko se acordaron de Job ni de Víctor Jara.

Los hechos posteriores, puede decirse, le dieron la razón a la mamá. Según la mamá, el trash, el heavy metal, lo habían transformado en un demonio.

Mirko conoció por la tele al predicador Rex Humbard, a finales de los '70 o principios de los '80. Mirko bordeaba los 7 u 8 años. Su programa de prédica se emitía el domingo en la mañana, antes de las 10.00 horas, por TVN. Después venía el Club PTL, nombre que sonaba a marca de mostaza. Los abuelos tostaban pan mientras seguían por el televisor marca Crown al gringo que vestía impecable y que poseía una insoportable cara de papa. Puedo compararlo ahora con un Elvis Presley más delgado que el del concierto en Hawaii. Debió existir un criterio estético en la producción del programa para hacer parecer a Rex con Elvis. Rex el telepredicador pop o algo así.

Si se hila más fino, el gringo también calzaría justo en un traje de milico nazi de la Segunda Guerra Mundial. Un milico nazi tipo Treblinka. En esa época, el gobierno de Pinochet no le puso trabas al auge de los telepredicadores ni menos al crecimiento de los evangélicos en el país. Tal vez Pinochet —quien una vez dijo tener la conciencia tranquila— y sus asesores sabían que los evangélicos podían resultar unos buenos aliados. El evangelismo saltimbanqui de esos nuevos profetas gringos, según el régimen, podía divagarle la perdiz a la masa, en un instante en que crecía el rechazo popular hacia la dictadura: la guerra de los profetas no era contra la dictadura, sino que contra Satanás y las hordas de ateos comunistas.

Volvamos al pan tostado mañanero, a la mantequilla holandesa y al vaso de leche Nido. Los domingos comenzaban con Rex Humbard en la casa de Mirko y su familia, todos sonrientes, según las fotos en el cartón que cubría el disco de vinilo. A Mirko le gustaba una de las nietas del gringo, la de pecas en el rostro. Se parecía a Laura Ingalls de «La pequeña casa en la pradera». Siempre le gustaron las mujeres pecosas pues irradiaban ternura, una ternura que se retorcía en el sexo.

El disco de Rex Humbard llegó a la casa por correo. No recuerdo haberlo escuchado, pero sí ver la satisfacción de su abuelo cuando tuvo el disco entre sus manos. La alegría fue algo menor que cuando llegó el disco de Abba. La música de Abba estuvo varios días sonando desde el tocadiscos, hasta el cansancio.

El afiche de Rex y su familia feliz se distribuyó por toda la ciudad. La primera experiencia de Mirko con un show masivo fue con Rex Humbard y después con el Chavo del 8. Con los abuelos, Mirko fue a ver a Rex y con su madre, al Chavo del 8. De ambos mantenía el sabor al dulce de un chupete o un maní confitado. Escuchó en la tribuna Pacífico del Estadio Regional la prédica, que debió ser traducida por algún cubano anticomunista de Miami, alguien de la CIA, que integraba la caravana. Lo sorprendió más el Chavo y su no contaban con mi astucia. El Chavo también viajaba por Chile con el pasaporte de Pinochet con el propósito de adormecer a la masa.

En aquellos días, el tío pastor de Mirko, Rubén, era un joven que pasaba sus días en Estados Unidos por la invitación de un pastor de apellido Raus, cuyo ministerio estaba en Columbia. Su padre le dijo después que tenía la certeza de que su tío recibió instrucciones de la CIA y recordó la presencia de un gringo en la casa de la madre de Mirko, antes del golpe militar.

Mirko le comentó a su madre la hipótesis de su padre y ésta le respondió que su padre se había chalado en el exilio y que andaba viendo cosas que no eran y que el gringo ése era un misionero del pastor Raus.

Los abuelos estaban orgullosos de que su tío hubiese aparecido en un diario de Estados Unidos como un predicador. En el diario, su tío Rubén aparecía sobre una bicicleta. Todo por obra de su padrino, el pastor Raus.

Cuando el tío pastor regresó de Estados Unidos, a principios de los años '80, le trajo un camión de Coca Cola, una sudadera donde aparecía un oso de Alaska, unas diapositivas de Disney y otras de la guerra de sucesión, del lado del General Lee. Tiempo después, el tío pastor llegó otras vez de Estados Unidos con un álbum fotográfico del gringo, donde aparecían varios amigos de la madre desparecidos por la dictadura.

¿ Cómo llegó la familia de Mirko a ser extremista de la fe? Había que remontarse a 1940. La familia de su abuela había emigrado de Iquique a la ciudad por efecto de la crisis del salitre. Eran católicos relajados. A veces iban a la misa dominical. La penitencia anual, como la mayoría de los católicos del norte de Chile, era la Fiesta de La Tirana, en la Pampa del Tamarugal. La leyenda de La Tirana contaba del amor entre un conquistador español y una princesa indígena. La princesa se llamaba Ñusta y era una dictadora. Imagino a Shakira vestida con un ajustado traje plateado. La Ñusta, aburrida de lo mismo, quedó deslumbrada con Gerard, el conquistador, y salvó al prisionero de ser descuartizado. Por amor a Gerard, Ñusta se entregó a la religión de los conquistadores. Al comprobar, previa inhalación de alucinógenos, que el Dios de los conquistadores era un subterfugio para dominarlos, los indígenas mataron a Ñusta y a su amado. La historia es conocida: los españoles, que luego llegaron a vengar a su crack, masacraron a todos los indígenas. Los sobrevivientes debieron convertirse al catolicismo; de lo contrario, debían sentarse en la pica.

La historia de la mártir Ñusta fue un buen método de conversión de los católicos, quienes siempre tuvieron la astucia de evangelizar a través de buenas historias de santos. Simple: si no te creías la historia, te mataban.

La teleserie, con algo de realismo mágico, la aplicó con éxito fray Antonio Rondón, de la real orden mercedaria, evangelizador de Tarapacá y Pica, entre 1540 y 1550. La fiesta de La Tirana nació por persuasión de Rondón. Hoy, 200 mil personas ocupan por una semana como mínimo y un mes como máximo el pequeño poblado, recordando el amor entre los antepasados de Shakira y Gerard Piqué.

La hermana mayor de la abuela de Mirko, buscando un sentido quizás más profundo que adorar una imagen de yeso, se encontró, en calle Uribe, con el templo de la iglesia metodista. Ahí comenzó todo. Como una epidemia, la religión que inventó Juan Wesley se propagó por toda la familia. De una jarra con vino en el almuerzo se pasó a una jarra con agua y nunca más se bebió vino porque a la abuela se le ocurrió que el vino era pecado.

El abuelo, hijo de la viuda de un veterano de la guerra del guano y con seis hermanos mayores, entró a la Iglesia metodista, la iglesia del barrio, en busca de chicas, y encontró a la abuela. Ignoro si fue un amor fulminante, pero al poco tiempo el abuelo de Mirko pidió la mano de su abuela y ambos se casaron en la Iglesia metodista. No pasaban los 25 años. Para la abuela —que aborrece la imagen relajada de la juventud, a la que califica de alcohólica y drogadicta; quizás esto sea por Mirko—, la vida después del matrimonio se partió en dos prioridades, ordenadas así:

1. atender al marido.

2. criar a los hijos.

La iglesia, en tercer lugar, era para las relaciones sociales. La primera en nacer fue la madre de Mirko, en 1947. La madre de Mirko cuidó a la abuela hasta el fin de sus días. Eso pudo entenderse como una misión que le encomendaron sus hermanos por orden de Dios, aunque más bien fue porque la madre no tuvo ambiciones en su vida. La abuela, de 82 años, gozaba de buena salud, mantenía su lucidez y, a través de la pensión por la muerte del abuelo, alimentaba a la madre. Ambas creían en el paraíso, aunque más la abuela que la madre, porque la madre también escuchaba a Mirko.

Todo es una maquinación de los hombres por el poder, mamá.

La religión se ha impuesto por la espada, mamá.

La religión es un cuento cultural, mamá, imagínese si fuéramos árabes: mi tío habría sido un talibán o algo parecido y tú tendrías que haber andado con un turbante.

El hombre desciende del mono, mamá.

Lea la historia criminal del cristianismo de Karlheiz Deschner, mamá.

La mamá tenía claro que Mirko se iría al infierno y se lo hacía saber. Para ella era triste no poder encontrarse con su hijo en la vida eterna. Por eso razón, insistía en que estaba equivocado. La imagen del infierno de la mamá era clásica: el diablo en medio del fuego esperando a los malos, pero los malos pueden arrepentirse en el último segundo e irse al cielo. Pinochet, quien dijo: si hubiera sido dictador todavía estaría gobernando, se pudo haber arrepentido, claro está, y hoy sería uno más en el cielo.

Esa mañana el espejo reflejó a un muñequito peinado a la cachetada y algo mofletudo. El primer devocional de Mirko en la iglesia metodista, su primera incursión en un púlpito, fue a los ocho años. Niño precoz. La abuela, orgullosa, lo comparó con Shirley Temple. En su interior, el templo era luminoso. La luz natural se filtraba por las grandes ventanas laterales y unas claraboyas en el techo. Había una gran cruz en el medio del altar donde convergían las miradas. Cuando era más pequeño, Mirko preguntó si la cruz había sido la misma donde fue clavado Jesús. No, le aclararon. La cruz verdadera está en Israel, escuchó. Hasta ese momento pensaba que la ciudad y su gente eran Israel, el pueblo elegido, el pueblo de Dios. No había otra historia. Se le dio vuelta el mundo. Le costó hallar Israel en el mapamundi de la Enciclopedia Barsa. Debía ser muy poderoso ese pequeño país para que los chilenos repitieran su historia, sus orígenes, dedujo el niño.

El devocional es la antesala del culto, una pequeña introducción donde se cantan himnos, se lee algún pasaje de la Biblia y se reza o habla con Dios. Entregar el devocional al niño Mirko fue idea del pastor Ramiro. Ramiro era un tipo alto y gordo, como Óbelix, ambicioso y orgulloso, que quiso entregar la responsabilidad a los niños y qué mejor que hacerlo con el nieto de quien más cooperaba con la iglesia. Así el abuelo de Mirko sería más generoso.

El trabajo del pastor consistía en atraer más gente a la iglesia. Con más gente habría más dinero para la obra de Dios o también: más almas para Dios, y el mundo se iba a salvar.

A esa edad, Mirko hacía lo que la familia decidía y ahí estaba: frente un grupo de ancianos, jóvenes y otros niños que le miraban sorprendidos y nerviosos, pues pronto ellos también podrían ser carne de cañón.

—De los niños es el reino de los cielos —afirmaba Óbelix, con cara de no matar a ninguna mosca.

—Tú serás una suerte de animador, pero un animador de Dios —le dijo con convicción el abuelo a Mirko.

Imaginó a Pepito TV. Sólo tenía que leer las oraciones preparadas por el abuelo, invitar a cantar unos himnos — algunos le sonaban bastante oreja, como «Santa Biblia», así que démosle al himno «Santa Biblia», le gustaba— y leer un pasaje de las Escrituras. La abuela quería que leyera un Salmo, pero Mirko optó por Filemón. El libro de Filemón, ubicado en el Nuevo Testamento, era sólo una hoja, así que podía leerlo completo. En ese tiempo, Mirko podía definirse como un perfecto niño evangélico, que todos los domingos, con la Biblia bajo el brazo, asistía a la iglesia. Todo terminó a los diez años cuando falleció el abuelo y se sintió profundamente desprotegido. Ni rezando podía tapar el hoyo que se le había abierto sobre su cabeza.

Lo único que le quedó en ese momento fue «Star Wars» y su mitología. Le resultaba más cercano Obi-Wan Kenobi que Noé, el que se había embarcado con sus animales en su arca a practicar zoofilia. Darth Vader era el diablo y Luke podía resultar algo así como Jesús. Le preguntó a su tío pastor si «Star Wars» estaba inspirada en la Biblia y éste le respondió que todo lo que no aparecía en la Biblia, era de origen satánico. Mirko no era tan estúpido como para creer al pie de la letra lo que le decía el pastor, así es que desde ese momento las palabras del pastor comenzaron a parecerle absurdas.

Los domingos, el niño Mirko desayunaba con los abuelos a eso de las nueve. Después el abuelo despertaba al tío Claudio y a la mamá, a quien nunca le gustó levantarse temprano —y cuando lo hacía era inevitable su insufrible mal genio, aunque luego del desayuno, quizás con la azúcar del té, se la pasaba—. El abuelo había decidido que la mamá no trabajara ni estudiara con el propósito de su cuidar a su nieto. La madre lo veía como un trabajo y no se lo cuestionó hasta que murió el abuelo. Fue entonces cuando salió a trabajar y lo hizo en empleos mal remunerados, donde siempre la destacaban como la más honesta, la más cumplidora y la más comprometida.

Durante la semana, el día de la madre comenzaba después de las diez. El abuelo se encargaba de ir a dejar al niño al colegio en la mañana, a las siete y media, y la madre de ir a buscarlo cuando salía, un poco antes del almuerzo.

A las diez comenzaba el devocional. Los abuelos eran puntuales. Mirko partía con ellos en el Chevy Chevette. La ocasión en que realizó el devocional, la mamá hizo la excepción y se levantó temprano. Lo vistió con una camisa de franela escocesa, con camiseta debajo —era invierno—, unos pantalones de cotelé café y unos zapatos del mismo color. También lo vistió de esa manera cuando fue a almorzar a la casa el obispo de la Iglesia Metodista de Chile, don Isaías. Después se enteró de que el hijo mayor de don Isaías, del que se hablaba en secreto al interior de la iglesia, había fallecido por efecto del sida.

El abuelo era gerente de la empresa de electricidad, puesto que logró tras varios años de trabajo y vaivenes políticos. Era un hombre influyente y con buena billetera para la familia y para la iglesia en tiempos de recesión.

Una vez Óbelix le rechazó al abuelo una ayuda en dinero para su familia. El gordo prefirió joderse de hambre con su numerosa parentela antes que aceptar esa ayuda. El abuelo se molestó. Óbelix era orgulloso a veces, pero en otras aceptaba. Esa vez divagó con que el abuelo quería comprar al pastor y a la iglesia y el abuelo lo hacía de buena voluntad, por lo menos eso le parecía a Mirko, un buen hombre que quería ser generoso con su dinero.

El abuelo también podía ser un CNI. Óbelix también podía ser un CNI. Nadie estaba a salvo de la CNI.

El devocional partió a las diez y quince horas, según el Casio de Mirko. Le sudaban las manos. No tenía por qué estar pasando por esa situación. Debía estar durmiendo o jugando como cualquier niño de su edad, pero en ese instante era el divertimento de los adultos.

Fijó la vista en el papel y comenzó a leer la oración que le había escrito su abuela. Cuando levantó la cabeza, se encontró con toda la gente encima. En sus rostros había expresiones de sorpresa, ternura y hasta extrañeza. Bajó su cabeza, asustado. Los hizo cantar. Cantaron. Después los hizo a leer a Filemón, el libro más corto de la Biblia, un versículo yo y otro ellos y así sucesivamente. Ganó confianza. En un momento se creyó líder, como su abuelo. Luego vino más música y la oración para concluir. Al final se sintió con el cielo asegurado, aunque los niños —según Óbelix—, por su calidad de niños, desde ya tenían el cielo asegurado. Si lo decía Óbelix, entonces había que creer.

Pentateuco se les denomina a los primeros cinco capítulos del Antiguo Testamento, donde están el incomprensible y absurdo Génesis y el cinematográfico Éxodo con Charlton Heston y los Diez Mandamientos. El Pentateuco de la infancia evangélica de Mirko concluyó con la muerte de su abuelo, quien intentó ser como su padre, pero le faltó tiempo. El destino habría sido otro. Tal vez hoy Mirko sería un hermano importante del distrito metodista del norte de Chile, con un trabajo estable y una mujer, cristiana, que lo esperara en casa, cocinara a su gusto y planchara su ropa. Sus hijos serían algo gordos y su hija, la primogénita, estaría destinada a cuidar a su madre en su vejez. A eso, su abuela le denominaba una vida normal.

El problema de la madre de Mirko es que se había enamorado de un hombre que no era cristiano y eso todavía se lo encaraba el tío pastor. La madre de Mirko se excusaba de mala gana diciendo que fue el contexto político el que la privó de una familia, aunque el padre de Mirko, con contexto o no, siempre sería un revolucionario y no comprendía la vida de otro modo.

Mirko tenía diez años cuando murió su abuelo, pero su abuelo, bueno y sano, le duró hasta que tenía alrededor de nueve años y medio. Le detectaron un cáncer gástrico a los 60 años, recién jubilado y con un proyecto de empresa caminando.

Lo del cáncer sucedió, aunque nunca se sabe, porque en su infancia el abuelo bebió, como todos en la ciudad, el agua potable que nunca fue potable. Hasta finales de los '60, el agua de la ciudad tenía altos índices de arsénico. No llegaba bien filtrada a la ciudad. Tomar agua era matarse un poco. El abuelo bebió mucha agua, al parecer. El abuelo y otros tantos miles de personas, porque fueron miles, fallecieron en las décadas del '80 y '90 en la perla del norte, por efecto de varios tipos de cáncer. Los gobiernos sucesivamente se lavaron las manos y los médicos se hicieron millonarios con exámenes, quimioterapias y otros remedios. Aparecieron clínicas. Una vez que se solucionó en parte el problema del arsénico en el agua, vinieron otras contaminaciones como la del plomo y la del concentrado de cobre. De repente aparecían voces en contra, pero se iban disfumando ante el poder de la industria minera y todos sus tentáculos que alcanzaban hasta el gobierno.

La mamá, los tíos ni la abuela nunca le dijeron a Mirko que su abuelo se moría.

Mirko recordaba que cuando el abuelo llegó de Santiago —donde como un cierre le abrieron y cerraron el estómago, sin ninguna solución, salvo la espera de la muerte— venía transformado en un hombre disecado, lo más parecido a una momia que había visto en una visita a un oscuro museo.

Cuando Mirko vio a su abuelo, simplemente lloró e hizo llorar al resto de su familia. El niño presintió que venía lo peor, aunque no entendía bien cómo se manifestaría la muerte de alguien que había sido vital en su vida.

Quizás ahí se desfragmentó como una granada.

Había empezado en iquique con las chicas y la droga. A pesar de la mierda que su madre y abuela le echaban a Iquique, en ese tiempo se le transformó en el mejor recuerdo.

Esto de añorar Iquique, ciudad que había sido catalogada por un convicto narco como una olla llena de alacranes, unía a Mirko con Pinochet, quien alguna vez dijo: tengo la cara agria, por eso tal vez se dice que soy un dictador. El dictador tenía una fijación especial por esa ciudad. La transformó en zona franca, para desgracia de la vecina y fronteriza Arica, que se empobreció. A vista y paciencia del dictador, la paste base proveniente de Perú y Bolivia se masificó a finales de la década del '80 y terminó por arruinar a los pobres, a los vulnerables y a los ociosos. Poblaciones que habían luchado con piedras y molotov contra Pinochet, quien afirmó: ¿pedir perdón? que lo pidan ellos, se transformaron en nidos de narcotraficantes.

No es raro pensar en una maquinación del dictador. Que el dictador llenó de pasta base las poblaciones de Arica e Iquique para adormecer a la masa que podía ser azuzada por las huestes marxistas.

Del discurso solidario de antaño de hacer comunidad se pasó a la exacerbación, a realidades distorsionadas, a sobrevivir a costa de joder a tu vecino. La droga se incubó en las poblaciones marginales de las ciudades del norte. Después en Santiago. Las armas, otrora usadas para defenderse de los pacos y los milicos, ahora eran útiles para las quitadas de drogas o asaltos.

A la rabia se la había comido la pasta.

Mirko y Pinochet, ambos dieron sus primeros besos en Iquique, enamorados. Ambos fueron adolescentes en Iquique.

Qué patético es imaginarse a un adolescente dictador, haciéndose una paja con su falito pequeño.

Más patético era verlo regresar a Iquique, ya viejo y consumido. Proyectaba asco en los de siempre. Proyectaba admiración en los de siempre, en especial en la anciana penetrada en su juventud que recordaba frases como: prácticamente limpiamos de marxistas la nación.

Pinochet, al explicar por qué usaba lentes oscuros, afirmó: la mentira se descubre por los ojos, yo muchas veces mentía. Esa frase marcó la vida de Mirko

No es para tanto, opinaba Mirko, a modo de quitar protagonismo al dictador.

Pinochet siempre se las arregló para estar presente. Era el amenazante presidente que hablaba como castigando por la televisión — parecía también un predicador evangélico de esos que discurseaban asustando con el infierno—. Pinochet reunía las miradas fijas de los pacos y los milicos que hacían sentirse reprimido, con temor e incertidumbre. Pinochet era el miedo. Pinochet era quien lanzaba frases como: Roma cortaba las cabezas de los cristianos y éstos reaparecían una y otra vez, es algo parecido lo que pasa con los marxistas.

Por culpa de Pinochet, el padre de Mirko se fue a Francia, decía la madre. Era fácil culpar a Pinochet por el fracaso amoroso de sus padres.

Para otros, Pinochet fue Papá Noel (el fin justificaba los medios). Limpió al país. Hizo crecer el país. Eliminó los malos elementos, quitó los estorbos, arrancó la maleza, exterminó a las ratas. Él no atacó al pueblo, sino a quienes querían envenenar al pueblo.

En la calle no debes hablar sobre Pinochet, le recalcaba su madre. No hables. No digas nada de lo que se conversa en la casa. No es para tanto, insistía Mirko. Tus compañeros de curso podrían ser sapos, le contarán a sus papás milicos que tu madre es terrorista porque escucha la Radio Moscú por la madrugada y mantiene guardados unos discos de Inti Illimani y Quilapayún. Esos discos pueden costarme la vida, ¿entiendes, hijo? Imagínate si se llegaran a enterar lo de tu papá. Me llevan presa.

Mirko ya se sentía como un huérfano.

Los milicos se habían llevado a unos parientes. Los habían sacado de su casa con la violencia acostumbrada. Fueron tres, entre ellos el tío Freddy. La madre de esos parientes llegó llorando a contarle a su madre. Mirko escuchó detrás de la puerta. Maricones conchesumadres, repetía su madre mientras cerraba las cortinas.

—Culpo a mi madre por asustarme con Pinochet —reclamó Mirko a Sol, en una hinchada conversación de cervezas.

Por culpa de Pinochet, su padre partió a Francia. La mamá tenía todo preparado: pasaportes, maletas y el ánimo, pero el hombre viajó solo. Tenía otro plan. Fue su oportunidad de cambiar el switch, por lo menos en la relación. Respetable. La decisión pasó por el idealismo de regresar a liberar al país.

—Yo no sé si haría lo mismo —le dijo Mirko a Sol.

Le envió algunas cartas y otros regalitos de París, como un juego de agua. ¿Recuerdas esos juegos de agua? Según la carta, eran dos juegos de agua, de esos en que apretabas un botón gordo y salían burbujitas que transportaban una especie de fideos. Los milicos del correo tienen que haberse quedado con uno de los juegos. El otro llegó roto —tal vez venían explosivos adentro—. Su madre lo parchó, aunque nunca pudo jugar con él.

—Por la carta que leí, se notaba que te quería —dijo Sol. También le hizo un cassette: por un lado había un cuento contado por él —nunca supe si era de su autoría, no se lo pregunté— y por el otro, música de un recital de algún grupo chileno exiliado. Una tocata de Quilapayún, tal vez. La madre disfrutaba de la música. El cuento era sobre unos pescadores que se iban y nunca volvían. Era su metáfora. Quiso explicar su partida.

Pinochet le cambió el carácter a la madre de Mirko. Se puso más sensible, más llorona. Una vez llegó llorando, toda escandalizada, después de ver unos pacos pateando a una universitaria. Abrazó a su hijo y lloró. Era habitual en ella el llanto cuando veía algún tipo de represión en la calle. A Mirko ya no le impresionaba su llanto. Lo despreciaba, a veces. Era un llanto de impotencia, suponía, aunque no la entendía. Nunca estuvo muy metida como sus parientes. Su madre era de odiar a Pinochet en voz baja.

Ni su papá estuvo tan metido. Quizás se exilió solo.

—No te creo —afirmaba Sol.

Después de esas cartas y unas postales tristes —siempre mandaba cosas relacionadas con niños pobres—, se perdió. Hubo gente comprometida que se quedó y murió peleando.

—Ponte en su caso —seguía Sol—, se fue por las suyas, además que en ese tiempo toda Europa daba refugio. Imagínate en Europa, en los '70, con una vikinga en la cama que te hiciera cariño.

Supongo que si tus padres hubieran estado en el mismo contexto, habrías hecho lo mismo que tu padre. No creo que habrías amado a una mujer como tu madre. No calzaba contigo. Sol, en cambio, habría calzado perfecta, pero ella se habría enamorado de otro. Habría muchos tipos mejores que tú, en esa época de revolución e ideales. Todos querían ir al frente. Todos querían morir por un país con más igualdad, o la mayoría quería morir por la causa. Todos querían conocer —o merecían conocer— mujeres como Sol. Dudo que hubieras muerto por la causa. ¿Para qué? Un sacrificio en vano. Lo tuyo definitivamente era más tuyo. Digamos, más egoísta. Al diablo las causas y las revoluciones. Es que tú eres un hombre de otro contexto, de otra época.

Al final habrías conocido a tu madre, como premio de consuelo.

La mezcla podría haber terminado en un hijo, en otro Mirko, un chico que nació en mal momento. Luego te habrías sentido presionado y acorralado en la casa de tu madre, y habrías buscado o preparado métodos para escapar del yugo. Eso no era lo querías para ti. El contexto, qué mejor que el contexto para fundamentar todo, para irse y escapar. Qué mejor que culpar a Pinochet. Qué mejor que sentirse perseguido. Qué mejor que sentirse revolucionario sin serlo. Qué mejor que exiliarse en Europa e intentar otro destino. Si no te resulta uno, te baja la nostalgia y le escribes a tu hijo. En los momentos malos sueles recordar. La mayoría fueron momentos buenos y alegres, orgasmos después de todo. Una francesa y otra escandinava más allá. Pero después de conocerla bien, Europa aburre, es un continente muerto. Habrías vuelto pobre a Chile, a instalarte, a aprovechar las nuevas regalías de la naciente democracia para con los exiliados. De repente te sale un crédito para retornado y te enrielas. ¿Qué queda del pasado revolucionario? Ahora hay tantas causas para seguir. Buscarías una nueva revolución. Y entonces te percatarías de que en Chile todavía gobierna Pinochet, pues a la mayoría no le interesan las causas, prefieren asegurarse con un trabajito, un sueldito y pasarlo tranquilito en familia. Tú, en cambio, estás para las revoluciones. Definitivamente, no eras un tipo para estos tiempos.

...Todavía no recibo su carta de respuesta, pero es normal, debe llegar en unos cuantos días, ya que demora y yo te escribo al margen de esto (siempre esperábamos la carta para poder escribir). Ya que tú rompiste esto, lo hago yo, ¿qué te parece? Y bueno, mi guagua linda y recordada, le escribo porque deseaba hacerlo, que es lo más importante, y es importante que nosotros mantengamos una buena comunicación, ya que nos encontramos creo yo muy solitos, y con mucha falta de amor y ternura y con mucha falta de compresión...

...Lo único que espero de usted, y se lo digo abiertamente, es paciencia suya, disponibilidad suya, compresión y ánimo suyo...

...Es cierto que es difícil, muy difícil, pero piensa en cómo se me hace difícil a mí...

...Y cómo está el angelito, como está... Haciendo maldades, dígale que la cuide y salga con él, no lo deje solo ni a cargo de los abuelos, salgan los dos. Mire que usted sabe cómo es su padre...

CUATRO

Sol regresaba a la ciudad desde la minera los jueves por la tarde. Estaba viernes, sábado y domingo y se iba a trabajar la madrugada del lunes. Durante los días en que estaba en la ciudad, no se desconectaba del trabajo. Siempre había algo que hacer y por eso partía a la oficina del publicista quien, a cualquier hora, estaba disponible para Sol.

La noche del jueves era la del reencuentro con Pedro, pero en el último tiempo Pedro había adoptado una actitud distante, quizás desconfiada, en ocasiones condicionada por su propia culpa. Pedro se hacía el desinteresado aunque, en su interior, se guardara un abrazo y un beso. Le hubiese gustado que ella lo descubriera con palabras como: ¿por qué tan callado, mi amor?, ¿por qué no me haces un cariño?, pero en el vocabulario de Sol no se hallaba ese tipo de palabras, ni menos surgirían en una relación medio descompuesta.

Sol llegaba quejándose del cansancio. Luego se duchaba y se acostaba. En el polvoriento y ocre campamento minero, con calor o frío, siempre había que estar con casco y aparatosos implementos que exigía la prevención de accidentes, asunto que se había convertido en la obsesión de las mineras y donde los prevencionistas de riesgos se transformaban en seres desagradables, siempre sapeando a quienes no cumplían los requerimientos.

Cerca de las once, Sol se dormía con el televisor encendido en alguna serie del canal Sony. Luego Mirko sigilosamente cambiaba de canal, aunque podía quedarse cavilando largo rato, intentando descifrar lo que ella pensaba sobre él.

El reencuentro ideal para Mirko sería: Sol escuchando sus descargos de la semana. Mejor si era con alguna cerveza de por medio. Perfecto sería en algún bar, para terminar en la casa haciendo el amor, él medio borracho, retardando el orgasmo. Así funcionaba mejor como amante. De lo contrario, tardaría pocos minutos en eyacular y Sol, la cansada Sol, tirada y desnuda sobre la cama, le miraría con ese rostro de ¿y ahora qué sigue?

A este tipo de sexo breve Sol le denominaba el nocaut de Mike Tyson. En sus primeras salidas, Mirko y Sol siguieron medio adormilados, tras un par de cachas breves, un documental con las primeras peleas del boxeador, en las que siempre triunfaba en el primer round. Hubo otros códigos que sólo ellos entendían, como partes de películas y documentales. Con el surgimiento de Pedro, los códigos se perdieron y, en consecuencia, Sol comenzó a armar un lenguaje común con el publicista. Al publicista y a Sol les gustaban las películas de Michel Gondry.

Al publicista mirko lo conoció por Sol. Antes sabía —lo leyó en el diario— que era uno de los artistas más renombrados de la ciudad. En eso le ayudaba su apellido Campbell. John Campbell, así se llamaba. Muchos artistas plásticos se autodenominaban con nombres raros para captar atención. Por ejemplo, Irma Zapata se puso Isolda Freud. La linda y huesuda Isolda, en cuyos cuadros mezclaba gatos en poses sexuales. La linda y huesuda Isolda, que pelaba el cable con los gatos. La linda y huesuda Isolda, quien siempre mantenía en el hilo a los hombres, porque no creía simbólicamente en ellos, porque tenía dramas desde niña por un abuelo que la quiso abusar y más bien buscaba a alguien que le diera paz y le dijera sí a todo evento. El sueño de Isolda consistía en poner una cafetería con gatos que anduvieran por los alrededores, algo que había leído en una revista. No eran feos los cuadros que Pedro conoció de Isolda, pero mejor era la Isolda poeta, quien llegó a Pedro una vez que fue madre.

John Campbell en realidad se llamaba Juan Carvajal, pero dejémoslo en Campbell, en mérito a sus obras expresionistas donde aparecían los jotes de la plaza, entre otras cosas que le llamaban la atención de la ciudad.

Más mierda le provocó a Mirko cuando una vez lo encontró en una foto publicada en las páginas sociales del diario, con una camisa tapizada de sopas Campbell, las mismas de Andy Warhol. ¿Qué se cree este hueón?, dijo Pedro, exaltado ante la indiferencia de Sol. Campbell estaba con un vaso en la mano y una sonrisa tímida. A su lado había una chica bella, que Mirko había visto atendiendo en un pub.

Campbell, el esteta, quería marcar la diferencia en el pequeño mundo cultural y caníbal de la urbe. Él y otros de su estirpe habitualmente buscaban fondos de la minera para sus proyectos y ahí surgía Sol, como un abrelatas de la minera donde trabajaba, pues era ella quien calificaba los proyectos del área responsabilidad social y donde, por supuesto, estaba la cultura como primera opción. Sol sabía del interés de los artistas. Los calibraba cuando se le acercaban a conversar. Ser amigo de Campbell era una posibilidad de acceder a Sol.

Campbell les presentaba sus amigos a Sol. Campbell sabía que sin Sol no podría cancelar la inversión hecha en la renovación de equipos para su estudio de diseño. Campbell se transformó en un emprendedor después de que Sol lo buscara para crear unos afiches. Luego logró otros trabajos y, en un par de años, tuvo el dinero suficiente para comprarse los equipos.

Sol podría pedirle que le limpiara el auto y ahí llegaría Campbell, siempre atento y disponible. Una vez Mirko le propuso trabajos extraordinarios para Campbell, como la limpieza de los vidrios o la gasfitería del departamento, y Sol lo miró con enfado. A Sol le molestaba que Mirko hablara mal de sus amigos.

Para Sol, Campbell era su amigo.

Durante la semana, sol le despachaba a Campbell por mail las fotos y textos para la revista de la mina. Con el material, Campbell se dedicaba a armar la revista que se llamaba Pinta Verde y que era hecha con papel reciclable, como un mensaje ecológico. Entre medio tenían tiempo para hablar. También chateaban. Entiendo que Campbell en un momento fue el confidente de Sol; de lo contrario, no me explico sus preguntas acerca de acontecimientos que sólo Sol y Mirko conocían. Supongo que Campbell sabía lo que pensaba Sol de Mirko, los problemas que tenían como pareja y su evolución a Pedro. A Pedro le comía la rabia. En ocasiones, Pedro terminaba en el baño de la oficina descargando con furia los intestinos. Por lo menos les dejaba el olor, como el director del diario.

A Campbell le llegaba un potente cheque mensual, gracias a Sol. Gracias a Sol, el publicista ya no dependía de los fondos públicos de cultura para vivir. Gracias a Sol, Campbell había logrado una buena calidad de vida y eso molestaba a Mirko, a quien nunca Sol apoyó con algún trabajo o un proyecto cultural.

Una vez, Mirko le dijo a Sol que Campbell la divinizaba. Sol ni siquiera le dio bola.

Cada dos años, en promedio, Campbell ganaba el fondo de cultura y después la beca no sé cuánto. Viajaba al extranjero con frecuencia, especialmente a Argentina. Mirko decía que se iba a comprar ropa a Argentina para ser Campbell o a visitar exposiciones raras para copiar. El problema, a estas alturas, era que toda la ciudad certificaba el talento de Campbell, menos Mirko. Mirko estaba mal y Pedro, el doble de mal, pues incubó un odio parido contra el publicista. Mirko diría que la ciudad, y especialmente Sol, estaba como ciega, tonta, aturdida. ¿Enamorada? Si le dio trabajo fue por algo. Pudieron ser amantes, repito. Sol mantenía una relación inestable con Mirko, más bien clausurada, que a esas alturas ni siquiera sabía si era amistad.

En el último tiempo, ella sólo me llamaba para favores, como por ejemplo, los arreglos de su casa.

La juguera.

El jardín.

El cuadro.

Y ahora el calefont.

Cuando vivía junto a Mirko, y luego junto a Pedro, Sol siempre llamaba a un técnico para que solucionara el problema.

No era un entendido de pintura como para ponerme a catalogar de buenos o malos los cuadros de la oficina. En las paredes había algunos de pequeño formato, con monos raros que no desentonaban. Una vez Campbell le dijo a Mirko que estaba en constante evolución.

—¿O sea, nunca estás conforme?

Campbell se hizo el pensativo mientras encendía un cigarro.

—Me aburro rápido, no tengo mucha paciencia —respondió, mirando a otro lado. Caminó lento en dirección a la cafetera. La tomó y, con un cigarro en la boca, fue a llenarla con agua al baño.

En ese lapso Mirko pensó que había cosas interesantes en él. Si no fuera por Sol, podríamos haber llegado a ser amigos. Una vez Pedro dijo ante sus amigos que era amigo de Campbell, para hacerse el interesante. Había un valor agregado en ser amigo de Campbell. Campbell, entre otras cosas, representaba el artista exitoso y un artista exitoso se medía en Antofagasta por el apoyo que recibía de la minería; pero también era un artista de culto y eso intrigaba a Pedro.

Cuando apareció, esta vez sin el cigarro, le dijo a Pedro qué opinión tenía como periodista, como escritor, sobre la plástica local. A Pedro no le generaba confianza que la gente lo llamara escritor así por las puras. Como que notó un tono burlesco, aunque en este caso no le pareció pues lo dijo rápido, como asumiendo su condición.

Pedro le dijo que la plástica local estaba pegada en el realismo soviético de los años '20. A Campbell no pareció interesarle la respuesta. En ese momento, más importante fue una llamada que respondió. Dijo que la próxima semana entregaría algo (Pedro imaginó un trabajo). Luego dijo esto:

—Ni me doy cuenta cómo pasan los días, a veces estoy en mayo y mañana despierto en julio. No tengo mucho control del presente, ni del tiempo en general.

—Quizás podrías probar con ansiolíticos. Para tranquilizarte —afirmó Pedro.

El publicista levantó una ceja. Parecía genuinamente interesado.

—¿Algo más?

—Una relación de pareja estable, una mujer que esté contigo para imaginarse el futuro —Pedro lo dijo pensando en Sol.

El publicista se encogió de hombros.

—No sirvo para eso —afirmó.

—Yo tampoco creía en eso y mira ahora. No te digo que es lo mejor, pero el amor sirve para olvidarse de lo perverso del sistema —sentenció Pedro, acariciándose la pera como un filósofo.

—No estoy enfermo. Pasa que tú y el resto me miran como un huevón raro. Piensan que sigo viviendo como un adolescente. Tengo varios amigos casados que desearían estar en mi lugar. Lo mío no es estancarme, tal vez me enfermaría estancándome con algo o alguien, no aguantaría una idea fija, ¿entiendes? —respondió Campbell.

—Tú sabrás —dijo Pedro y escondió la mirada en el computador.

Para colmo, a Pedro le dio envidia. Por eso se quedó en silencio el resto del tiempo en que esperó a Sol. En esa ocasión, ella salió temprano. Pudo ser la cuarta vez que la iba a buscar desde que trabajaban juntos. Todavía no lograban ese lenguaje en común que terminó por desequilibrar a Mirko, al punto de amanecerse en las noches fuera de la casa de Campbell, esperando verle salir de la mano junto a Sol. Eran los días en que Sol estaba en la mina.

En la oficina del publicista había bastante faramalla como para entretener las pupilas: afiches de una película francesa ambientada en el norte de Chile que nunca se estrenó, una pizarra donde había un escrito que tenía relación con una tabla de organización, una tímida mata de marihuana, un par de menús de restoranes, otro par de dibujos hechos por un niño y los cuadritos con monos raros. El publicista no hacía problemas para fumar adentro, aunque lo racional era salir al balcón. Sobre su monitor Mac, había un cenicero lleno de cigarros apagados y cerca, una tetera eléctrica junto a un tarro de Nescafé. Era el típico cabrón que fumaba y tomaba café. No me gustaba esa clase de neuróticos con el tic del cafecito o cigarro o cafecito o cigarro... Sol tuvo épocas en que bebió más café. Lo hacía en verano y en invierno. Nunca entendí si lo hacía de ansiosa o por placer. Prefería el café importado, fino, el de Colombia, pero embalado en Francia o algo así; sin embargo, en la oficina del publicista tomaba un Nescafé económico y ponía cara de encontrarlo rico.

Campbell era desordenado, a ratos cochino. La oficina parecía dormitorio y podría hasta tener una colchoneta escondida. Siempre había desparramados varios CDs pirateados de música y computación. No podía faltar el incienso. Tampoco las moscas. Tampoco los restos de comida en el basurero. Los minutos que estuve esperando a Sol, siempre aparecía un tema de Pink Floyd. También de Velvet Underground. Comprendan a Campbell: se sentía Warhol, el inspirador de los Velvet Underground.

Otra vez le preguntó a Pedro qué pensaba de sus pinturas y le respondió que sus cuadros parecían más afiches de publicista. Campbell lo miró sorprendido.

Estaba acostumbrado a que le dijeran que sus cuadros eran lindos, buenos o interesantes. Era de esos tipos que, en ciudades pequeñas como ésta, se sienten un peldaño más arriba.

A Sol ya le había ofrecido un cuadro. Pedro lo entendió como una coima. Ella estaba indecisa. Tal vez ahora, cuando son las 22.30 de la noche, tenga que cargar el cuadro y, para más recrestas, darme el trabajo de ubicarlo en alguna pared de su coqueto (porque lo pintó de un tono rosado) departamento de soltera, donde estaba tranquila, según me dijo.

—¿Por qué nunca me aceptas un café? —preguntó el publicista.

—Gracias, pero no me gusta. Prefiero el té. En todo caso, no lo veas como un rechazo.

—Es que a veces te quedas varias horas acá, esperando a Sol y fíjate que uno se preocupa…

—Agradezco tu preocupación, pero sabes que me conformo con un computador encendido.

—Eso está claro, pero deberías probar un café —insistió.

—Acéptale una tacita, no seas así —intervino Sol.

Me he preguntado qué mierda habría hecho Pedro si hubiera sorprendido a Sol teniendo sexo con el publicista. Pedro los imaginaba fornicando, apurados y parados. Sol con una pierna arriba mientras él se lo metía rápido con la camisa de las sopas Campbell. Debía tenerlo pequeño. Tenía cara de tenerlo chico, como Pinochet. Debía pensar que yo lo tenía chico. Sol le contó una vez a Mirko que tuvo una mala experiencia con un tipo de un pene descomunal (imagino 20 centímetros), de ahí que prefiere a los hombres con penes normales o pequeños. El asunto es saber jugar, decía.

Un trío.

Pedro pensó en la posibilidad de un trío, mientras fingía permanecer en Facebook. Los tres dentro del departamento rosado. Los tres desnudos, fumando marihuana. Los tres dialogando. Riéndose de ellos.

Podría ser los dos mirando el cuerpo de él, muerto, descuartizado.

O podría ser yo, frente a ambos cuerpos destruidos.

Luego, la paz de saber que la persona que te había enredado la vida yacía junto a su amante.

Mientras finjo ver el partido entre la U y River Plate, ellos ríen, gesticulan, hablan despacio. Siempre lo hacen. Podría pensar que hablan de trabajo, pero no: hablan en códigos. Podría mandarlos a la mierda y, en una acción desesperada, despechado, patearlos para después romperle toda la oficina al muy hijo de puta, con sus Macs transparentes. Me detiene la idea de que tendría que pagar todo y, para colmo, pasar algún tiempo en la cárcel.

Ellos se encogen de hombros cuando mando a la mierda el computador, que por enésima vez se queda pegado. Tiene un virus pornográfico. Enciendo un cigarro y voy al balcón. Vuelvo y Sol me dice que tiene por lo menos para media hora más.

Regreso al partido y veo cómo el Matador Salas mete el gol más importante de su carrera en la U. El Matador, con esa flexibilidad de chancho de tierra, agarra en el aire el balón con el muslo derecho, luego la pelota rebota suavemente hacia al empeine de su pierna izquierda y dispara desde fuera del área al ángulo del Mono Burgos. Gol y la final de la Libertadores para la U.

CINCO

Soy Pedro, Pedrito, el tercio de Mirko, y en esta ciudad mi reputación de escritor se vio manchada cuando la prensa vil me sindicó como el responsable de ocupar los fondos públicos de la única campaña seria para fomentar la lectura.

Tarados.

Ocurrió hace más de ocho años y todavía algunos personajes ligados al mundillo de las letras, los envidiosos de siempre, perseveran en su ánimo difamatorio. Me han llegado incluso comentarios de quienes consideré cercanos. Miento si digo que no me interesa.

Los prejuicios, en parte, y el fin de mi relación con una mujer llamada Sol, de quien finalmente sólo guardo malos recuerdos por desleal, motivaron mi venida (quienes me conocen de cerca le llamarán huida) a San Pedro de Atacama, un asoleado pueblo turístico del altiplano chileno, donde todo el año llegan gringos en busca de aventuras extraordinarias.

Aclaro que no arribé a este pueblo a lucrar, como lo hacen algunos, a través de descabelladas propuestas como las escritas en las pizarritas de agencias turísticas de poca monta, donde se ofrecen tours para joderse de frío en la noche, mirando las estrellas a través de un telescopio casero.

Una copa de vino, señor, para el frío. La Osa Mayor.

Un vaso de pisco, señor, para el frío. La Osa Menor.

Al final, algunos terminan medios borrachos viendo las estrellitas en el cielo oxidado de la madrugada después de las fiestas en la casa de un tal señor al que denominan carnicero y donde uno, mediante pitos o jales, puede fácilmente levantar a una gringa como Jade de Edward Sharpe & The Magnetic Zeros.

Menos me interesa abrir los portales mágicos que de los que habla un santón argentino en la plaza, discurriendo sobre entrada del último profeta extraterrestre en San Pedro de Atacama. Mismos portales por los que se cuelan criaturas con poderes mágicos con buenas o malas intenciones, pues algunos creen que San Pedro de Atacama —lo escuché varias veces de la boca de mujeres que sobrepasan los cuarenta años y que lo dejaron todo en otra parte, aunque a veces viven con sus hijos, para asumir un experiencia mística y que visten con lanudos chalecos que parecen alfombras y las hacen ver como ovejitas perdidas en el altiplano— es la última zona mágica que va quedando abierta en el mundo y que puede, previa iniciación espiritual, conectar al hombre con el cosmos más profundo.

Una chica con un tercer ojo en la frente nos reparte —en el patio de la casa de una de estas mujeres que caminan como flotando y parecen realmente felices y donde nunca se sabe si se terminará en una orgía y esa posibilidad hace interesante la experiencia— arroz confitado para que le lancemos a la pira, una vez que el hombre mágico, un avanzado, un calvo obviamente, diga la palabra mágica: suaja.

Suaja es la palabra mágica. Suaja, suaja.

El hombre calvo, que es delgado pues sólo consume brócolis y kiwis, observa a los participantes con ojos centellantes. Dice que las rayas en el suelo —que si no fuera por una esvástica hindú, podrían asimilarse al juego del luche— fueron dispuestas para captar la famosa energía cósmica. Nos aclara con voz tenue que la alineación planetaria provocará que a la Tierra llegue de manera directa energía del centro del Universo, algo que nos hará cambiar.

Suaja, suaja.

Después de las buenas palabras, el míster de túnica como rey mago comienza a encender la pira y recitar sus mantras.

Suaja, suaja.

El juego consiste en que el hombre dice palabras raras y el resto repite, entonces, cuando dice suaja, todos lanzamos arroz. El acto de lanzar arroz es como una metáfora de nuestra limpieza, algo parecido a la psicomagia de Jodorowsky.

Suaja, suaja.

La señora se llama Fresia y activa la glándula pineal.

La señora se llama Fresia y le activó la glándula pineal a Sol. Sol habla maravillas de Fresia y del seminario de glándula pineal. Sol también hizo un coaching, no me explicó con detalles de qué se trataba, pero le dije que me parecía una porquería inútil. Sol no era de preguntarme mi opinión cuando decidía algo, no era una persona insegura.

Sol aplicó esas técnicas para su empleo. Sol hizo suaja, suaja.

En este pueblo, la gente parece relajada. Caminan. Andan en bicicleta. Los autos, que parecen insectos gordos adormecidos por el sol, pasan lentos entre las calles estrechas color polvo. Algunos sanpedrinos se sientan a ver pasar las nubes, quizás pensando en el próximo original negocio con las piedras de cuarzo. Hay tiempo para hacer música con algún instrumento musical de viento como la ocarina. Otros esperan el despertar de la conciencia del new age. A otros los domina la señora Fresia, una señora que domina la conciencia y viaja a ras de suelo como si fuera un velo entre los tamarugos en medio de las noches estrelladas. Otros van por la cocaína, que es buena, generosa, barata, pues a la vuelta está Bolivia, pero la cocaína, mi señora Fresia, de vez en cuando deja algún desaparecido por algún mal negocio.

La minería hace el bien, como una religión apócrifa, dando beneficios por costos, amalgamando almas, apoyando el emprendimiento. La amiga de Sol, a través de la empresa minera, apoya el emprendimiento de una viña que vende el vino de más altura en Chile, un vino sin cuerpo y con sabor mineral, pero que tiene esa etiqueta, la altura, que lo hace distinto y al final es un buen souvenir para que lo compren los gringos en los hoteles boutique, hoteles que se asimilan al paisaje por sus tonos rojizos y amarillos y sus formas de valle de la luna, y donde lo chic juega con lo exótico para ser cobijo de estrellas de Hollywood como Cameron Díaz o Drew Barrymore, que se fotografían practicando sandboard en las dunas.

Los franceses, que los hay y muchos, importaron sus coquetos cafés y los metieron entre las calles empolvadas y las casas de adobe como bomboncitos dorados made in france. Comerciantes chilenos se pusieron ropas hindúes, compraron piedras azules y, mirando la cara del gringo curioso, le sacaron a la piedra cuatro o hasta diez veces el valor original.

Yo, Pedro, aclaro que llegué a este pueblo donde algunas vuelan en la laguna Cejar como si fuera alfombra mágica, para dedicarme cien por ciento a la literatura. Buscaba mi propio Tánger al estilo Paul Bowles. Mi plan consistía en levantarme a las once de la mañana a escribir, después almorzar algo liviano y reescribir por la tarde. También leer de noche o beber en algún bar del pueblo y follarme a una gringa que cayera.

No era el mejor lugar del mundo para escribir ni para crecer intelectualmente, ni para propagarme, pues irremediablemente terminaría escribiendo del mísero contexto suaja, suaja.

Después de cinco meses, los ahorros del taller literario se me redujeron al mínimo. Ya era necesario trabajar. Me inventé el cargo de bibliotecario de una biblioteca inexistente. El proyecto continúa guardado en las oficinas de la municipalidad, pero gracias al proyecto recaudé algún dinero como archivero en la biblioteca de la municipalidad, a la que de vez en cuando entraba alguna gringa preguntando por el New Yorker, a lo que yo respondía que el otro año nos suscribiríamos. Era un trabajo tranquilo. En ese cementerio de libros, conocí a Sandra.

Tuve la suerte de que Sandra me aceptara como su pareja. Ella había nacido en Calama y era diez años mayor que yo, de rasgos indígenas, ojos pequeños y luminosos, delgada, cabello negro hasta los hombros y sonrisa corta por la carencia de unos dientes. Sandra era dueña de una hospedería donde cada cual hacía lo que quería sin molestar al resto. Gozaba de un buen pasar. Era viuda y no había tenido hijos. Estaba cómoda, sin embargo, no quería asumir mayores responsabilidades en el negocio.

En ese momento de su vida, prefería tejer junto a unas amigas escuchando a románticos como Leo Dan en una sede social. Así pasaban la tarde. Quizás lo de su negocio fue la razón por la que me acogió. Me encargué de la seguridad, de cobrar y de orientar a los turistas. Leía y dormía sobre una hamaca estirada en el patio durante la tarde. A Sandra le gustaba que leyera. Ese detalle le hacía confiar en mí. Antes supe que ella había sido dirigente de las mujeres. Que había liderado un grupo de mujeres contra el maltrato de sus parejas, hombres, indígenas, atacameños acostumbrados a tener una vida de reyes en sus casas, emborracharse y golpear a sus mujeres e hijos cuando se les ocurriera.

La mitad del pueblo era de los atacameños; el resto era de los suaja, suaja.

Ella tenía momentos de profundo silencio. Nunca la interrumpí. Hasta que el interés por saber qué le pasaba por la cabeza me hizo ser impertinente.

Una vez, molesta por la pregunta, Sandra me contestó que era mejor que su marido estuviera muerto. No seguí con el tema. El incidente se produjo la segunda vez que nos acostamos. Sin embargo, ese interés por su vida y escuchar que no tenía dónde quedarme, pienso, provocó que me invitara a vivir junto a ella. Me dijo que no me cobraría, pero que la ayudara. Supe cómo tratarla. Ella necesitaba a alguien que la quisiera, que la abrazara. Ella necesitaba de alguien que respetara sus rituales. Eso la dejaba tranquila. No tantas preguntas. No tanto pasado. No tanto futuro.

Mi interés por la lectura me hacía distinto bajo los ojos de Sandra. Su marido nunca se interesó por los libros. La mayoría eran libros relacionados al turismo, pero entre medio había literatura y diccionarios de francés. El francés me complicaba y me traía malos recuerdos de infancia.

Sandra le habló a la alcaldesa de la posibilidad de hacer una biblioteca. Le dijo que yo era la persona indicada. Sandra me hacía mirar distinto San Pedro. Me hacía sacarme la estúpida idea de follarme a una gringa. Sandra me hizo creer en la posibilidad de quedarme para siempre sentando en una hamaca, leyendo. Las manos cálidas de Sandra me sanaban.

Todo iba bien hasta que le mandé un mail a Sol.

...Se me ocurrió saber cómo estás, ¿te parece? Esta semana soñé dos veces contigo (había sido una) y me preocupé... Desde hace algunos meses vivo en San Pedro de Atacama. Trabajo en una hospedería...

Al otro día, llegó la respuesta:

...Tengo bastante trabajo. Me han preguntado bastante por ti: desde un periodista impertinente hasta gente que no conozco. Campbell también te manda saludos (eso es broma, jijiji). Hace unas semanas decidí cambiarme a un departamento más pequeño, también en la costanera. Preferí no guardar ningún recuerdo de nuestra relación. Me hacía mal ver algunas cosas. La nostalgia; nada más. Por eso quiero que este fin de semana busques unas cajas con algunas de tus pertenencias. Tienes muchos papeles y libros... saludos. Sol

A Sandra le dije que iba a comprar libros a la ciudad. Nos vemos, le dije, y firmé como Leonidas.

Cuando Pedro invitaba a algún escritor al departamento que compartían con Sol, notaba su curiosidad por encontrar algún lingote de oro robado. En algunos casos era más notorio. Muchas veces bromeaba con los lingotes. Le sucedió con un chico, de esos que recién comenzaban en la literatura y que pensaban tener algo grande entre sus manos.

El chico se le acercó tras una tertulia poética organizada por la Asociación de Escritores, que se realizó la soporífera tarde de un domingo, en el orfeón de la Plaza Colón. Esa vez Pedro se paró ante el público compuesto de voluntariosos poetas y vomitó sus últimos híbridos, todos poemas rencorosos o justicieros o como quiera llamarles. Antes, en el bar La Leonera, Pedro bebió alrededor de cinco litros de cerveza, mientras veía un partido de fútbol donde su equipo, la U, perdía ante Palestino. Salió molesto tras la derrota. Subió molesto al orfeón. Desde el orfeón, Pedro leyó esto:

El elogio de mi alma se parece tanto a los sucesores
De los muertos
Que me confundo
De mí mismo primero Y después
De los otros
Que a cierta altura se comportan como verdaderos
depredadores literarios.
Falsa modestia aparte, creo merecerme el galardón.
Ellos también porque predican y se arropan de eficiencia.
Van de intelectuales a niños como buenos poetas
Y creen en sí mismos como grandes dictadores.

En medio de eso.

Todo puede ocurrir. Si no los alcanzan. Si no los agreden.

Si no se sienten ofendidos abrazados a sus miedos.

Viejos culiaos.

Hijos de puta.

Seguro transformarán estas palabras en fuente genuina de su genio.

Luego un poeta del grupo denominado Rapsoda, integrado por abuelos gesticuladores y cuyos poemas comenzaba con un oh!, imitando un especie de Do mayor de pecho, lo encaró.

—Yo no me robé esa plata —les contestó Pedro, furioso. Esa plata se perdió por asuntos que detallaré a continuación, para que de una vez por todas se aclare lo que sucedió.

El chico firmaba como Milf. Sus cuentos y poesías eran distintos a lo que hacía el resto, la mayoría encasillados en la pampa salitrera al estilo de Chaqueta, o bien, en la poesía melosa. El chico escribía sobre sus experiencias íntimas con la marihuana y pastillas. El chico era algo clasista. No leía demasiado. Era más vigor que soberbia intelectual.

El chico, como suele suceder, quería romper con lo viejo. No le interesaba la literatura anterior: la literatura partía desde él.

Después de la declamación se me acercó y le dijo lo típico a Pedro:

—Me gusta como escribe, señor... Tengo una novela en la que trabajo y deseo mostrársela para que me indique si voy bien... ¿Puedo?

—Es un honor que me lo pidas —a Pedro no le gustaba revisar ni leer los trabajos de otros, le daba flojera, aunque en este caso sentía cierta curiosidad: siempre es bueno acercarse a los jóvenes, pensó —. Esta es la dirección de mi departamento. Pasa cualquier día de esta semana después de las 20.00 horas, en ese horario me encuentras seguro. Por favor, no me lleves la novela o lo que tengas ni me lo mandes al correo electrónico, tráemela impresa (quería que gastara dinero, era muy cómodo apretar un tecla y listo, demasiado cómodo, y luego esperar que la leyeran; si pagaran, por último), de lo contrario no la leeré —le dijo. No se veía un chico maleado, aunque desde que sucedió el problema Pedro desconfiaba de todos los personajes relacionados con las letras. En todo caso, los muy farsantes lo seguían invitando a cuanta actividad se hacía en la ciudad, pues no había más que él y Chaqueta, que cobraba. Pedro, muy lejos de Chaqueta, era lo único que había.

En un momento Pedro dudó del chico, que vestía de negro siempre y en invierno usaba un sobretodo. Tal vez el chico traería una grabadora entre sus ropas con el propósito de desenmascararlo. Le aclaró de entrada que en su breve trayectoria nunca necesitó apoyo de fondos ni de padrinazgos y que su trabajo era fruto del esfuerzo personal. Ignoraba que Pedro sabía que el chico venía de una familia con dinero, de médicos.

El chico con orgullo recordó que el año pasado uno de sus poemas, «La doble vida de Isolda», había sido seleccionado en la página web internacional de una fundación gringa dedicada a escritores jóvenes latinoamericanos.

—¿Y no consideras ridículo firmar tus textos como Milf?

—No me considero ridículo firmando como Milf, además que hago la diferencia. Usted conoce bien cómo funciona aquí el asunto. Todos son retrógrados, menos yo —dijo levantando la pera.

—Para terminar con los retrógrados era el taller literario, pero nadie vino —afirmó, sabiendo que le diría algo por la plata de los fondos—. No tuve ningún cómplice, en todo caso.

—La ciudad es pequeña y, con el respeto que usted me merece, me gustaría saber si es correcto lo que dicen.

—¿Y qué dicen los jotes?

—Lo que salió en la prensa, que nunca dio cuenta de los cinco millones de pesos que le dio el gobierno, que después andaba en Europa con su mujer y que nunca hizo el famoso taller de narrativa.

—Es decir que soy un sinvergüenza. Vienes para mi casa a pedirme que te revise tu novela y encima me tratas de sinvergüenza, mocoso hijo de la gran puta...

El chico se echó hacia atrás, miró de reojo un estante con libros y luego le pidió disculpas al escritor. Se sentó, más bien cayó sobre un sofá.

Otro vodka, Milf. La risa lo distendió. Pedro preparó el brebaje con calma. Tres cuartos de vaso con vodka y tres hielos.

El chico bebió un sorbo al seco. Hizo una mueca final. Quería decirle al escritor, a quien no había leído, que era rudo. El chico le hizo una pregunta sobre el vodka, que Pedro fingió no escuchar. Luego hubo un silencio. Pedro lo miró fijo y se acercó. El chico le corrió la vista, quería escapar de la respuesta y de que Pedro, en algún momento, intentara besarlo.

—Te explico, la gente nunca entendió que fui a Europa, a España, a Barcelona, a comprar libros para la campaña para la lectura y para asistir a talleres como los mejores escritores del momento que, por si tú no sabes, viven en Barcelona.

—Hizo bien entonces —contestó y luego bebió otro sorbo de vodka.

—Pasa que estos envidiosos de mierda nunca han sido capaces de hacer un proyecto con visión. Siempre se la llevan en recitales poéticos, tertulias y convivencias baratas. Si te das cuenta, giran en el mismo círculo. El problema es que lo contaron a un periodista mamón que me difamó como quiso en el diario, un periodista pretencioso (recordó al pelado del diario) que quiso ser escritor y no pudo.

—Sí, me acuerdo.

—Pero no me interesa. Después hice el taller y no vino nadie. Eso fue todo.

Pedro se levantó. Le sirvió otro vodka. Puso un disco de la primera etapa de Michael Jackson y se desabotonó la camisa.

—En su caso, yo haría lo mismo; el problema es que los viejos dicen que por culpa suya el gobierno ya no nos da plata. Milf abrió los ojos. En ese momento a Pedro le dieron ganas de reventarle la botella en la cabeza. Él pensó lo mismo y le respondió en broma: no me vaya a pegar, señor, y miró la botella. De un modo u otro el chico estaba dominando la conversación.

—La culpa la tuvo ese periodista mamón —dijo, molesto, Pedro—. A ese huevón deben reclamarle y no a mí.

Después Milf, bien suelto de cuerpo, encendió unos pitos de marihuana. Antes había cambiado la música. Ahora sonaba una canción de Héctor Lavoe. El vodka había bajado rápido.

Fumamos y seguimos bebiendo. No sé en qué momento el chico me golpeó. Preferí no responderle. Se fue tambaleando y echando puteadas. Creo que bebimos demasiado.

Hace un tiempo, pedro tuvo una conversación —por trabajo— con un escritor que despreciaba. Tras el diálogo, Pedro cambió su percepción de Chaqueta, pero siguió despreciando su literatura, inspirada en los tórridos años de la explotación del salitre. Él hacía novelas picarescas sobre la desgracia.

Antes Pedro había escrito un relato inspirado en el escritor. Se ponía en la posición de un mendigo-asaltante que quería violar a su mujer, mientras éste se servía un café cortado, como acostumbraba a hacerlo al mediodía, en las mesitas ubicadas a las afueras de un café de la peatonal Prat.

El relato se llamaba «El Chaqueta de nosotros».

Lo motivó la envidia. Envidiaba su fama, sus viajes, sus ventas, su posición acomodada y su mujer, que no era bella, pero inquietaba por tratarse de la esposa del famoso escritor.

¿Qué le había hecho Chaqueta para transformarlo en su enemigo? ¿Despreciarlo? Su éxito le hacía infeliz, simplemente. Sentía envidia por no estar en su lugar. Pedro se sentía un escritor talentoso, con la capacidad de narrar cosas mucho más profundas que las de Chaqueta. Demasiado ego, quizás, pero ¿qué otra cosa es más necesaria que el ego, para subsistir un poco en estos tiempos? El ego le servía a Pedro para no sentirse tan solo en un momento insatisfactorio de su vida amorosa.

Regocijo le provocó que el narrador chileno más reverenciado tratara de cursi a Chaqueta. Y derechamente le preguntó por su cursilería. El tipo ni se inquietó y respondió que la literatura era vida en palabras y la vida estaba llena de cursilería y sentimentalismo. Pedro recordó las canciones de Marco Antonio Solís. Aquellas cosas también hay que introducirlas en la literatura, sentenció Chaqueta, que decía como: ésta es hoy una ciudad netamente minera, y donde hay mineros, hay putas. Creo que el minero y la puta son como la pareja romántica en la historia de la minería. En todos lados donde exista una mina, siempre estarán las putas alegrando la vida a los mineros.

Y resultó convincente. Él lo ejecutaba con éxito. En adelante, los relatos de Pedro se volvieron más cursis, más afables, más populares, y aun así tampoco logró publicar. Pero no se frustró. Siguió en lo suyo, a pesar de que la ansiedad lo devoraba. Pensó —aunque no quiso hacerlo— que no había peor estupidez en la literatura que querer terminar rápido o escribir con la pistola apuntando en la sien. Pensó que el apuro lo llevaba al fracaso, pero no podía —o no sabía— escribir de otra manera. Lo hacía como robando: rápido, tratando de que nadie se enterara.

Hubo un tiempo en que lo único que a Pedro le interesó fue ganar un concurso literario. Necesitabas validarse. Envió cuentos a Santiago, a España. Le interesaba —como a la mayoría— más España que Chile, especialmente Barcelona, donde según él se cocían las habas. Había estado dos días en Barcelona con plata del gobierno, pero ni siquiera se acercó a una librería; más bien hizo turismo, pero igual escribió para el diario sobre las librerías de Barcelona, a modo de justificar la plata. En la ciudad nadie iba detectar que el artículo era copiado de una revista española. Nadie.

Pedro pensaba que los españoles valorarían mejor su obra. Desconfiaba de Chile. Pensaba que un par de escritores y un par de grandes editoriales chilenas eran cómplices del asesinato de cientos de escritores provincianos, como él. Los tipos no dejaban existir. Menos a un provinciano. ¿Y Chaqueta? Tenía complejo de provinciano —sentirse como un excluido o algo parecido — . Sin embargo, mientras veía a Chaqueta tomando café, se le derrumbaban los prejuicios.

El mercado era pequeño para su literatura provinciana. El mercado era muy pequeño para aguantar más escritores. Para eso estaban los blogs, la internet, le dijeron a Pedro, irónicos, en una editorial que rechazó por segunda vez sus textos. No se dio por vencido, aunque decidió no pagar para publicar. Había la posibilidad de una coedición, como le dijeron en una pequeña editorial de Copiapó. No quería ser un rapsoda que se autopublicaba. Los libros de los rapsodas eran feos de presencia. Nadie aseguraba la calidad de esos trabajos. Los rapsodas hacían lanzamientos con bombos y platillos. Luego se lisonjeaban hasta el cansancio en la ciudad, pero a fin de cuentas eran honestos: los rapsodas vivían el camino de la poesía sin importar hasta dónde llegaran.

Para este tiempo había que tener piel de animal prehistórico, le dijo Chaqueta. Decidió seguir. Y seguir significaba relacionarse con gente y acumular historias. Pedro no era malo para romper hielos. Después de todo, podría escribir sobre anécdotas de la pampa. Se trataba de una probada fórmula exitosa, pero Chaqueta había agotado todo con su estilo y si no, escuchaba o leía historias de otros, las pasaba por su centrífuga cursi hasta transformarlas en un producto a veces chistoso y en otras, triste.

Mientras más concursos hallaba en internet, más escribía Pedro. Al final llegó la buena noticia desde la ciudad de Huelva, España. Su cuento «Fracaso literario, una experiencia personal» logró una mención honrosa en el concurso anual organizado por el ayuntamiento. Le mandaron una tarjeta con la invitación, más el libro con los cuentos ganadores. Al final, en la página 124, aparecía el suyo. Era un orgullo grande. Nunca llegaron los pasajes. Pero bastaba su nombre impreso en las páginas para sentirse pleno.

Podría vivir de ese logro por mucho tiempo. Cuando le presentaran, siempre dirían el detalle de Huelva, España. Siempre releía el cuento. El diploma lo colgó en su oficina; también enmarcó el cuento. También criticaba el resto de los trabajos. No tenían méritos. El suyo era mejor que el ganador, estaba claro, pero él no era español y entonces había una conspiración literaria contra él. Pensaba que su cuento salvaba el libro. Estaba convencido. Era una edición fea, más cuadrada que rectangular. Ubicó el libro en un lugar privilegiado de su estantería, de manera que todos lo pudieran apreciar. Era su faro. Sol ni se inmutó con el premio. Estaba ocupada en sus asuntos de trabajo.

El éxito nuevamente lo llevó a hacer un taller literario. El diario local le dedicó una página. Él apareció con su diploma en la foto. Ni como sinvergüenza escribieron tanto de él; al final, había sido colega de los periodistas y le mantenían afecto.

Pedro miraba con desprecio a esa casta perdida de literatos, a excepción del inalcanzable Chaqueta. A Chaqueta, en cambio, lo despreciaban los escritores de Santiago. Sus libros los encontraban cursis y a sus lectores, poco exigentes. Todavía a Pedro no le alcanzaba para despreciar a los de Santiago, y menos a los de España. Todavía jugaba en la tercera división o quizás más abajo.

Esto le sucedió a un escritor que, mientras se creyó maldito, comenzó a escribir su novela maldita; novela que luego caería en las manos de Pedro.

Milf se definía como seguidor de Charles Bukowski. En consecuencia, su novela la tituló simplemente como «Novela maldita», donde un tal Bukowski (con todo respeto por el verdadero) era el protagonista. Puede decirse que la novela era una autobiografía literaria.

Bukowski narraba sus experiencias con el alcohol, las drogas y las prostitutas, como su alter ego. Nada original. Peor, este Bukowski no le llegaba ni al dedo chico del pie al verdadero. La novela maldita comenzaba a armarse en los tiempos en que Bukowski no tenía nada que hacer y sentía ganas de escribir. Eran dos veces a la semana, por lo menos. Mínimo, una hora por día. La novela avanzaba lenta. No se había puesto tiempos, ni se veía claro el final. Era parecido a un diario de vida: hoy, 23 de mayo, terminé con la cabeza en el pubis de Amalia, una prostituta honesta, si hoy se puede encontrar una puta honesta en calle Condell, una prostituta que no finja orgasmos.... Bukowski empezaba escribiendo de drogas y terminaba hablando de prostitutas. Le gustaba el mote de escritor maldito y jugar al poeta entre drogas, alcohol y prostitutas. Nadie se lo iba a cuestionar, a excepción de un viejo amor. Por alguna coincidencia, se reencontró con su viejo amor, una chica que se había enamorado cuando Bukowski era un pajarillo sano, sin aspiraciones raras. El resto fue de manual de enamorados. Así la flama de Bukowski se extinguió y la novela maldita quedó tirada.

Aquella novela la encontró en un lugar intrascendente de su casa Pedro, un escritor intrascendente con el ego alto como un obelisco. Pulió la novela y la presentó a un concurso literario. A los meses recibió la buena noticia del triunfo. Eran varios millones de pesos. Pocos meses después revivió Milf, quien lo acusó de plagio.

Milf armó un escándalo por la prensa y hasta dijo que Pedro había intentado besarlo cuando estaban borrachos. Pedro era un doble sinvergüenza.

Pocos meses después, apareció Milf en una esquina del centro de la ciudad, ensangrentado, moribundo y sin los dedos de ambas manos, entre otras mutilaciones en su cuerpo.

Un punzante dolor abdominal fue el primer síntoma de su colapso.

Pedro había celebrado el éxito de la novela en un concurso literario internacional. El vómito era de un tono amarillo como el color de las tapas del libro del ayuntamiento de Huelva. Intentó volver a la alcoba, pero se desvaneció. Eran las seis de la madrugada de un jueves. Pedro estaba mal, demasiado trajinado, diría yo.

Al verlo en el suelo, la poeta —con quien celebraba el éxito— llamó a la ambulancia. Pedro decidió irse por las suyas al hospital. El hospital estaba a pocas cuadras. La alharaca de la ambulancia despertó a los vecinos. Algunos salieron. Una señora a quien le gustaba su poesía le preguntó qué tenía, cómo se sentía. Le tomó la mano. Los de la ambulancia igualmente le cobraron, según el papel que le entregaron a la salida de la posta donde estaba detallado todo lo que la posta gastó en él.

En el hospital le inyectaron un antiulceroso. El dolor, a su juicio, era efecto de su ansiedad; sin embargo, no quería hacerse exámenes más concluyentes. Temía al cáncer, a desgastarse hasta que la piel le quedara como papel, a despedirse de los amigos y luego llorar a sabiendas de que no lo volverían a ver, a vomitar sangre.

Recordó a su abuelo. El consuelo era que si moría, podría reencontrarse con él. Había que creer en eso, por último. Cuántas veces soñó abrazado a su abuelo. El último apretón de su abuelo le había quedado grabado para toda la vida.

Antes de la llegada de la poeta, barajó varias ideas para continuar con su nueva novela, una novela corta, algo sobre un grupo neofascista que recorría sectores marginales de Chile a modo de reality, a modo de competencia: el que lograba todos los puntos, se ganaba un viejo tanque de Pinochet, un Super Sherman, de esos que amenazaron dejar como estampillas de carne a los marxistas frente a La Moneda bombardeada el 11 de septiembre de 1973. Escribir era como atornillar, decía. Esta vez necesitaba cientos de tornillos. No le importaba robar ideas o frases, incluso cuando escribía tenía varios libros a la mano: libros de Marín, libros de Bolaño y hojas de jóvenes escritores provincianos.

Había momentos en que la impotencia de crear una frase también se le transformaba en una diarrea. Su maldito colon, su incontrolable colon. Después, la sangre en el papel higiénico. Siempre igual. Cuando le sucedía, irremediablemente pensaba en cómo sería recordado.

Le gustaba lo del escritor excéntrico, lo del escritor criminal, lo del escritor cocainómano o lo del escritor maldito, un Bukowski cualquiera. Una caricatura de escritor. Por alguna razón estúpida, no se puede calificar de otro modo, no concebía que un escritor no fuera un anormal. Se impresionó con las pajas de Zurita, el poeta que vio en video por los '80. Eso justamente era un escritor: alguien que se corte o alguien a quien la sociedad lacera.

Sin embargo, a él con suerte lo recordarían como un sinvergüenza y punto.

Venía del taller literario. Había invitado a una de las chicas a su casa con la intención de revisar sus poemas y celebrar íntimamente el premio por su novela. A la chica le encantaban sus cuentos, sus historias, su manera de hablar, su modo de decir las cosas, especialmente la pronunciación de cada sílaba.

El resto pudo ser un trámite: la chica desnuda gimiendo sobre sus muslos, mientras una cámara de video registra la escena. Era para su colección de videos caseros XXX con las alumnas de sus talleres y con algún alumno como el chico amanerado que se creía modelo y que sin mayor trámite le chupó la pija. El video estaba fondeado. Sol no calificaba para curiosa, pero a veces soñaba con situaciones que parecían reales, o sea, en lo que ella calificaba de sueños premonitorios. Tras despertar, ella trataba de recordar las claves de los mails de Mirko. Con la rabia en la cabeza, se cuestionaba si mandarlo a la mierda. Nunca la mierda dio para tanto, según ella.

Mirko cambió las claves.

Sin embargo, esa noche con la chica poeta las cosas se dieron de otra manera. Acalorado por los vinos, Pedro se desnudó. Le gustaba andar desnudo por su casa, después de que había reducido los kilos por efecto del gimnasio, en especial durante el verano. Abrió las cortinas del departamento. Sentía placer por la posibilidad de que los vecinos lo pudieran observar. Colocó un disco de Olivia Newton John.

A la chica no le incomodó el exhibicionismo del escritor. Lo tomó como algo propio de la literatura, en el fondo, como la normal excentricidad de un tipo relajado, progresista, de un escritor de renombre que había logrado algo en España.

Pedro le producía a la chica una extraña sensación paternal, que se transformaba en deseo cuando el escritor le leía de manera pausada y casi susurrante sus cuentos y poemas.

La mujer también se sacó la ropa. Era una noche calurosa. Ella leía sus poemas entre bocanadas de humo de cigarrillo. Se sentía en París con Henry Miller o algo parecido. Leía de manera sensual. Reía de manera sensual, mientras la cámara de video seguía en rec. La poetisa —que tenía la cicatriz de una cesárea reciente en su estómago y sus pechos caídos por el amamantamiento— se sentía en las nubes con los elogios del escritor, a quien nunca había leído.

Son hermosos, le decía el condescendiente Pedro, casi susurrando. Pensaba en proponerle sexo, pues su verga se endurecía y las mejillas de la chica se sonrojaban. Sin embargo, un fortuito dolor estomacal desvió el epílogo. Él se fue al WC y luego se encerró en su dormitorio. La poetisa colocó un CD de Miles Davis y se acurrucó en un sofá, desnuda y, a esas alturas, medio borracha tras dos copas de vino.

Sol abrió la puerta sin escándalo. Quería dar una sorpresa. La cocina estaba separada varios metros de la puerta principal. La chica pensó que se trataba de Pedro. ¿Cómo te fue?, dijo la chica.

Una semana después aparecieron los ojos de la chica. No importa quién los encontró; sí importa el lugar.

Fue en el interior de un tarro de Nescafé, en el departamento de Sol.

Las conversaciones de bar entre Mirko y Juan Martínez, quien después de una serie de títulos era finalmente un poeta —aunque no le gustara validarse como tal—, las consideraba un ejercicio para sacar ideas y escribir, pero eso se iba diluyendo a medida que subía el alcohol y las palabras se reducían al yo.

Martínez era un entusiasta, pero nunca terminaba sus proyectos. La compañía iba más allá de dos amigos juntándose para hablar de algo: más bien rozaba en la excusa de beber y drogarse y hablar de uno en un in crescendo insoportable para alguien que los acompañara o estuviera en otra mesa del bar, escuchándolos.

No salía económico juntarse y, en consecuencia, no lo hacían a menudo; a lo sumo, una vez cada dos semanas. A veces Mirko quería hablar, pero el hombre no daba espacio ni tiempo. Martínez se tragaba el aire y todo a su alrededor, a pesar de su boca pequeña y delgada. La cocaína le generaba ese insoportable efecto parlante y un mal aliento que Martínez cubría masticando chicle de menta.

Pedro quería contarle sobre el avance de su novela. Sobre la posibilidad de narrar en base a un episodio de la memoria colectiva, como el tongo del arquero Cóndor Rojas, cuando se cortó una ceja en el estadio Maracaná y dejó a Chile fuera del Mundial de 1990; o sobre cómo iba el taller literario; o describirle las tetas de un par de chicas que le gustaban y el interés de éstas hacia su trabajo literario.

Se emborrachaban rápido, a pesar de la cocaína, que muchas veces era poca y de mala calidad, si no llegaba Núñez. Y terminaban hablando sobre la cocaína.

En una ocasión, Mirko le preguntó a su amigo si prefería pasar una noche metiéndose cocaína o teniendo sexo. Martínez prefirió lo primero. Él le dijo que optaba por el sexo. Martínez parecía más sano que él, más vital, a pesar de su poli adicción. A Mirko lo mataba la grasa. Comer descontroladamente era una manera de darse afecto, pero eso fue un momento de descontrol en su vida tras la separación. Luego Pedro enmendó al rumbo.

Un día Pedro le dijo a Martínez que su texto «La caspa del diablo» —donde el tipo escribía sobre su experiencia con la pasta base— debía publicarse. Era un buen texto acerca de la droga y se leían cosas como éstas: 25 lucas me cuesta el gimnasio. 25 monos divididos en 4 partes. Una vez que he alcanzado las 10 lucas, la compresión del cuerpo es tal que comienzo el ejercicio aeróbico gastando la energía de los músculos. Apretándolos hacia mí como un agujero negro que atrapa la luz. Sudo. Me saco la polera. El pantalón. Quedo en pelotas. Literalmente. Sólo la pipa y yo. Mi artefacto deportivo.

Martínez dijo que no tenía apuros. De eso ya pasaron algo así como cinco años.

Esta vez terminó su cuarto vodka con tónica y, como siempre, buscó el celular. Llamó a Núñez, el taxista, para seguir inventando proyectos, quizás en otro lado y con otra gente que lo escuchara.

Mirko conoció al taxista en un taller de arte para universitarios. Lugar extraño para él, aunque no desconocido, pues alguna vez, en la universidad, tomó clases de pintura en un atelier similar con un pintor introvertido, un tipo que nunca hablaba, sólo le corregía pintando encima de lo que había pintado. La tela quedaba llena de grumos.

Adentro del taller le carcomía la idea de que los chicos relacionaran su grasa, que en ese momento lo ahogaba, con el sistema. Martínez era el profesor de poesía y no se hacía mayores problemas por cuestiones de edad. Martínez era un outsider asumido, de 45 años, al que a esas alturas no le venían con cuentos.

Eran las 23.30 horas de un miércoles. Mirko entró. La primera reacción fue de calor, de sofoco. Demasiada luz. No había lugar donde esconderse. Si Mirko miraba desde un rincón del techo o desde un orificio, percibía que contrastaba por tamaño y peso con los chicos. Qué terrible resultaba vivir como una bestia no asumida.

Un breve diálogo con unos grafiteros lo relajó. En realidad ni lo miraron, o quizás no llamó la atención, ni provocó nada. Distinto habría resultado con el publicista. A esas alturas los chicos estarían con él, pensaba Mirko, y él disfrutaría entregando sus consejos, su sabiduría. Después unas chicas le confirmaron que era invisible y eso fue positivo porque sólo él podía escuchar sus bufidos.

La sala era amplia. Unos tipos preparaban las telas; otros pintaban en silencio y algunos como Núñez, el taxista, y luego él, comenzaban a beber de un vino de mala calidad, al que llamaron trementina. Mientras bebían, Mirko se cuestionaba por qué ahora bebía eso; quizás bebiendo eso, dejaría de ser invisible por un rato. Se dejaba llevar por la pirotécnica verbal de Núñez.

El alcohol parecía difuminar a la bestia.

El taxista pintaba cuadros en sus ratos libres. Tenía variedad en drogas para vender. Lo más raro que Núñez le vendió fue un alucinógeno centroamericano. Martínez le repetía —a manera de burla y mirando a Mirko, que en ese momento trabajaba en el diario— que Núñez no se había vendido al sistema. ¿Qué era venderse al sistema, entonces, a esas alturas? Según la lógica de Núñez, sobrevivir de manera cómoda fuera del sistema era vender drogas, especialmente cocaína, cuyo cuestionamiento ético, decía Núñez, que tenía todo justificado, pasaba porque la cocaína era la droga de ciertos podridos hedonistas neoliberales que buscaban extender su tiempo de juerga. Para el pintor dealer, venderse al sistema era transformarse en un hipócrita, hacer cosas que le disgustaran como trabajar diez horas diarias y que las afps le robaran parte del sueldo. Él se autodenominaba como un dealer con sentido social, o sea, al igual que los grandes narcos, invertía parte de lo que ganaba en ayuda social, pero no para aplacar las sospechas de los vecinos que lo podrían delatar por los autos que se estacionaban frente a su negocio de fotocopiadora, sino que para auxiliar a un sacerdote católico que vivía en un campamento, en las postrimerías de la ciudad, y que agradecía la plata que le llegaba con una bendición, sin preguntar mucho de dónde venía esa plata y la plata, que entregaba el dealer, servía para mejorar las condiciones de vida de un numeroso grupo de inmigrantes colombianos que llegaban con lo puesto a la ciudad minera en busca de oportunidades.

Ahí estaba Mirko, o Pedro, frente al pintor narco, cargando al vendedor de medicamentos, al dealer de los médicos, al periodista de un medio que apoyó a la dictadura, al músico frustrado y al escritor sinvergüenza. No se iba a sumergir en estas pendejadas de venderse o no al sistema, no, aunque Núñez siguió con el tema cuando le recordó al pintor emprendedor, al famoso Campbell, que formó su próspero negocio de diseño publicitario usurpando dinero a la minera —recalcaba Núñez— para hacer una obra secreta, antisistema, que sólo él y un par de amigos, y quizás Sol, habían conocido y deslumbrado.

Campbell era un ejemplo de lo que debía hacerse, decía Núñez, quien se asumía amigo de Campbell. Campbell, como diseñador y artista, sacaba su tajada de la torta de las mineras. La mayoría de los artistas hacía la vista gorda, o trabajaba temas no comprometedores, como los paisajes desérticos o un expresionismo urbano con rojos, anaranjados o amarillos. Justamente a los que mejor les iba, como el caso de Campbell, habían incluido el color cobre en sus trabajos oficiales. Hacía apologías del hombre minero, a su rudeza; la epopeya del cobre se había gestado a través de ese hombre, el patriarca, pero en definitiva eran obras instrumentales, para sobrevivir en un momento y después de la consagración, para vivir cómodamente.

Campbell había logrado el lenguaje propio artístico de lo políticamente correcto y se daba el lujo de criticar el discurso de moda y sus héroes sistémicos sólo para fanfarronear como artista progre. Sin embargo, Campbell mantenía una obra secreta y esa posibilidad de descubrir que tras la fachada había algo, atormentaba a Mirko y luego a Pedro.

Núñez y Martínez seguían mezclándose y nadando junto a los chicos universitarios. Campbell también podría mezclarse fácilmente ahí. Campbell tenía el ángel que ni Mirko ni Pedro habían logrado, hasta mi aparición.

El diálogo que surgía entre Núñez y Mirko era interrumpido por una estudiante de geología. Ya Mirko, con el vino en la cabeza, imaginaba a la chica desnuda sobre las frías cubiertas de formalita de las mesas. La chica quería pintar un sol, un sol con textura y debajo, unas rayas raras. Mientras Núñez dibujaba con un palo en la arena de un macetero las ideas que proponía la chica, Martínez le decía al oído a Mirko que la chica se iría pronto becada a Alemania, a Berlín. Estudiaría cine y haría un alto en su carrera universitaria, para probarse en lo que le gustaba y luego decidir finalmente qué haría. La posibilidad de la chica de irse a Europa revolvió la cabeza de Pedro, pues en su tiempo de estudiante universitario era casi imposible conseguir una beca para estudiar en el extranjero.

¿Y por qué dejó de pintar?, le preguntó a Pedro la chica, sin mirarlo, cuando Martínez habló en broma de que alguna vez pintó. El hombre quedó en silencio. A Núñez y a Martínez, la chica los trataba de tú, y con él hacia la diferencia. Fue triste para Pedro. Se sintió pesado, un viejo. Mirko respondió que conoció a personas a quienes les fluía la pintura, talentosos, pero que no perseveraron pues no vivirían de eso y además habitaban en una ciudad minera, bruta, alejada de la capital, con un grupo de artistas complacientes, donde a casi nadie le interesaba comprar arte, excepto a las empresas mineras.

Te comió el sistema, deja de dar excusas, di la verdad, le dijo burlesco Martínez, y rió. La chica contempló al hombre con la cabeza ladeada como diciendo: este tipo pintaba por fama o para ganar dinero, y luego siguió pintando. Prefiero escribir, respondió Pedro seguro, es más limpio. La estudiante de geología ni se interesó pues la literatura de provincia le aburría, prefería ver películas. Con la intención de fastidiar a su amigo, Martínez le dijo a la chica que Pedro era amigo de Campbell. La chica lo miró y le dijo a Mirko: preséntamelo. Luego, siguió pintando.

Tengo los brazos rígidos frente al teclado del computador, en la oficina de Campbell. El tipo me pone una sonrisa nerviosa y por enésima vez, como si fuera algo automático, intenta caer bien. Sol está detrás. Tiene sus mejillas enrojecidas y el reflejo de la pantalla del computador hace brillar su frente a esas alturas húmeda por la mezcla de sudor y crema.

Ella teclea rápido en su teléfono. Recuerdo que en la década de los '90 los dedos estaban destinados a función de rascar; ahora, en cambio, están adaptados para golpear los celulares en espacios reducidos. Sol tiene los dedos pequeños y largos, especiales para los celulares. Disfruta lo que escribe. Debe ser alguna broma con alguien, alguna comunicación con una tercera persona, una tercera persona que ignoro. Un alguien que conoció cuando Pedro estaba en el poblado de San Pedro de Atacama. Un cuarto en esta historia. Un cuarto que le pidió que escribiera su nombre en su dedo para que lo recordara en los momentos en que se sintiera sola.

Ya han pasado tres horas de espera. La podría esperar más tiempo, si fuese necesario.

Miro de reojo al publicista y sigue con su sonrisa hipócrita, de chico lindo, de artista progresista. Decido salir al balcón de la oficina. La atmósfera está húmeda, como si hubiera marejada. Enciendo un cigarro. Debajo está la calle Condell con todas sus luces, escondrijos y tipos que entran y salen de los tugurios, escena que contrasta con quienes regresan a sus casas después del trabajo y esperan taxi para subir a la ladera del cerro iluminado. Es momento de recambio en la calle. Reconozco la figura delgada de un poeta en la puerta de neón de un tugurio. Al parecer busca a alguien, quizás a Pedro. El poeta recorre la misma trayectoria y luego se devuelve, pesquisando alguna huella de Pedro. Los carteles se difuman. Pronto pasaremos por Condell y quizás ahí, en el extravío, vuelva a ser Pedro, y junto al poeta nos embarquemos en una noche de alcohol y cocaína, o tal vez vuelva a ser Mirko y se me ocurra ajusticiar.

El publicista apaga el calentador de agua. Busca la taza. Abre el café. Pone una cucharada sobre la taza y vierte dos pastillas de stevia. Luego le entrega con suavidad el café a Sol y pone su mano sobre su hombro. Sol, sin mirarlo, atenaza la taza y apunta hacia la pantalla. El publicista le hace una afirmación con la cabeza y luego le dice algo. Sol escribe entusiasta cada palabra que le dice el publicista.

Escribe.

Mientras fumo y espero, pienso sobre mi nuevo oficio como destapador de cañerías y en la posibilidad de amarla.

—Vamos —dice Sol

—¿Dónde? —respondo.

—Campbell nos invitó a ver su exposición personal. Quiero que me ayudes a elegir uno de los cuadros.

La cabeza de Campbell apareció de madrugada en la plaza de la ciudad. Unos vagabundos borrachos la hallaron y la patearon como una pelota de trapo; luego la policía se llevó a los barbudos vagabundos y los acusó de ser los asesinos del joven y bello pintor hasta que otro se atribuyera el crimen, cuestión que no iba a suceder. Luego, en el alba, el cuero cabelludo fue picoteado por unos jotes.

De Sol, nunca más se supo.

Acerca del autor

Rodrigo Ramos Bañados (Antofagasta, Chile, 1973) es escritor y periodista. Ha publicado las novelas *Alto Hospicio* (2009), *Pop* (2010), *Namazu* (2013), *Pinochet Boy* (2016) y *Ciudad Berraca* (2018), además del libro de cuentos *Palo Blanco* (2020). A lo anterior suma los libros de crónicas *Tropitambo* (2018) y *Matute* (2020). Ha sido becario en tres ocasiones del fondo del libro en Chile. Como periodista ha trabajado en medios de las ciudades de Iquique, Antofagasta, Valparaíso y Santiago. Hoy vive en Antofagasta.

«Vamos a necesitar escritores que puedan recordar la Libertad
— poetas, visionarios —
realistas de una realidad más amplia».

Ursula K. Le Guin

www.ingramcontent.com/pod-product-compliance
Lightning Source LLC
Chambersburg PA
CBHW050748250626
47155CB00005B/1969